歓声にこたえるように
小さく手を振ってみる。

あ、これ楽しい。

現代陰陽師は転生リードで無双する 参

「誰が一番最後まで
残るか勝負だ！」
「いいよ！」

この歳頃は本当に勝負事が好きだなぁ。
変に寂しさを覚えるよりも、
彼らの方が理想的な生き方かもしれない。

「大丈夫。ほら、お母さんも行こう」
「ああっ、ちょっと待ってください」

現代陰陽師は転生リードで無双する　参

爪隠し

FB
ファミ通文庫

目次

[イラスト] 成瀬ちさと

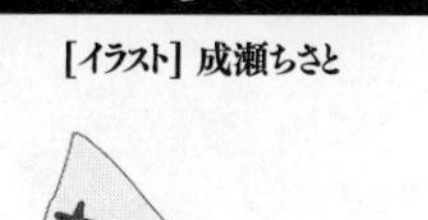

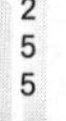

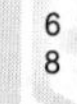

プロローグ

死に際の俺は、もっと陰鬱(いんうつ)とした性格をしていた。明日に希望が持てず、死に向かってノロノロ歩むような気持ちだった。

それがどうしたことか、転生してからは随分(ずいぶん)明るくなった。

死に際の決意を胸に刻(きざ)んでいることや、陰陽師(おんみょうじ)になるという目標を見つけたことも要因の一つだが、それよりもやはり、未来への光明があることが一番の理由だろう。

若いというのはそれだけでチートだ。

明日になれば少し背が伸び、ちょっとだけ遠くを見渡せる。

明日になれば新しいことを覚えて、訳知り顔で小さな世界を楽しめる。

明日になれば楽しいイベントが待っていて、新しい体験に飛び込むことができる。

そしてなにより、明日が来ることを信じて疑わない無邪気さこそ、最高の宝である。

そんな若さが、何者かに盗まれている気がする。

だっておかしいだろう。子供の頃の体感ってもっと長くなかったっけ。

一年間がものすごく長くて、誕生日が来るのが待ち遠しかったはず。

そのはずなのに……。

小学校一年生の入学式当日。

俺が転生してからあっという間に六年の月日が流れた。

流れてしまった……。

早い！

早すぎる！

ついこの間お母様の産道から「こんにちは」したばかりなのに、もうランドセル背負(せお)ってるんですけど！

陰陽術に没頭するのが楽しいからこそ、あっという間に時間が流れていると言われれば納得できてしまう。

体が成長したおかげで真守(まもる)君の家に発生した妖怪を倒し、初仕事を達成できたとも言える。

……でもやっぱり嫌だ！

楽しい子供時代をせっかくやり直せるというのに、この調子では気がついたら成人式に参加しているぞ。

誰か！　誰か俺の時間を止めてくれ――！

「聖、朝ご飯ができましたよ」

「いま行く！」

今生のお母様の呼び声に応え、俺は寝室からダイニングへ向かう。時の残酷さを感じる峡部家のお屋敷。その廊下には、ささくれ立った床で子供が怪我をしないよう、マットが敷かれている。

ダイニングに入ると、お母様が美味しそうな朝食を用意して待ってくれていた。

「おはようございます。今日は大切な日ですからね。しっかり食べてください」

廊下のマットや毎日の食事など、あらゆる所に母親の愛情が感じられる。

一人寂しい独身生活を経験した俺は、それが何よりもありがたいものであると理解している。

「お母さん、お父さん、おはよう」

「ああ。優也は」

「眠そうだったから、そのまま寝かせてきた。もう少ししたら起きるはず」

「そうか」

言葉数の少ないこの男こそ、今生の俺の父親であり、陰陽師の師匠である。

転生してすぐに行われた儀式で殺されかけた時は恨みもしたが、まぁ、今では父親として認めていなくもない。

少なくとも、経済的に養ってもらっている点はとても感謝している。

最近、式神として鬼を従えたことで、仕事がうまくいっているようだ。

今日は俺の入学式に参列するため、有給休暇をとったらしい。

「そうそう、お祖母ちゃんからメッセージで『入学おめでとう』と来ていましたよ」

「うん、起きてすぐに気づいたよ。さっき返事しておいた」

祖母と初めて面会して以来、ちょくちょく連絡を取り合っている。

病院で妖怪に襲われたと聞いたときはどうなることかと思ったが、あれ以来特にトラブルも起こっていないそうだ。

つい最近のビデオ通話でも、孫の進学を祝福すると共に、入学式へ出席できないことを残念がっていた。

また今度、顔を見せに行くとしよう。

朝食を食べつつこの後の予定を話し合っていると、可愛らしい足音が廊下から聞こえてくる。

「おはよ」

我が弟優也は寝ぼけ眼でもしっかり挨拶できるよい子だ。

俺達は口々に挨拶を返し、幼子の一挙手一投足に微笑ましさを感じていた。

霊感も霊力もなく、転生者でもない優也は俺と違って純粋な子供なので、ただそこにいるだけで空気が明るくなる。

「「「ごちそうさまでした」」」

家族そろって美味しい朝食を楽しめば、あっという間に出発の時間が迫ってくる。

着替えや準備をすませ、俺達は玄関をくぐった。

「いってきます」

止まらない時間の中、俺は今日も二度目の人生を謳歌(おうか)する。

第一話　小学校入学

俺の中では、入学式といえば桜のイメージがあった。

新たな門出を祝うように、桜の花びらが校門を彩(いろど)っているイメージだ。

「もうほとんど散ってるね」

「この間お花見した時には散り始めてましたから。聖(ひじり)は桜が好きなのですか？」

入学式当日、峡部家(きょうぶけ)揃いで近所の小学校を訪れていた。

「そこまで好きじゃないよ。普通かな」

俺は桜に対して特別な感情を持っていない。

ただ、葉桜となった校門周辺の光景は、俺の持っていた入学式のイメージと違っていて、少し期待外れだっただけのこと。

観光名所の写真に感動して現地へ訪れてみたら、写真ほど華やかではなかったような、そんな気分だ。

「うふふ、普通ですか」

「うん、普通」

何が可笑しかったのか、お母様が安堵したように笑った。

俺と握っている手を小さく揺らし、いつもの穏やかな表情に戻る。

「初めての学校で緊張するのではないかと心配していましたが、杞憂でしたね」

お母様ったら心配症だなぁ。

と、笑い飛ばしたいところだが、前世の小学校時代では人見知りを発揮していたので、その心配は間違っていない。

さすがお母様、俺の性格をよく理解していらっしゃる。

ただ、人生二度目の俺には緊張する要素など一つもない。

どのイベントも経験済みなので未知への不安は皆無だし、幼稚園時代の顔馴染みが多数いるから孤独の心配もない。

やはり、知識や経験こそ、何よりも頼もしいアドバンテージとなる。

「お兄ちゃんいーなー。ゆーやもそれ欲しい」

そう言って弟が指差すのは、俺の背負っているランドセルだ。

優也はちょうど兄弟の所有物が欲しくなる年頃らしく、自分の持っていないものを見ると、何でも「いーなー」と言う。

俺と同じくピカピカのランドセルを背負った子供達を見て、余計に所有欲を刺激されたのだろう。

弟に駄々甘な俺ではあるが、今回ばかりはどうしようもない。

「お兄ちゃんを困らせてはダメですよ。優也も来年になったら、ランドセルを買ってあげますからね」

「おとーさん本当にかってくれる？」

「良い子にしていればな」

親父と手を繋(つな)ぐ優也は、腕をぶんぶん振って喜びを表している。

別に良い子にしていなくても買ってもらえるんだけど、可愛(かわい)らしいから良しとしよう。

「おとーさん、あのね、このあいだヤス君がね！」

「うむ」

普段、陰陽術(おんみょうじゅつ)の指導で俺が親父を独占しているせいだろう。優也は家族でお出かけする時、親父に甘えることが多い。

俺は前世を含めて十分に親の愛情を受け取っているので、弟には存分に甘えていただきたい。

校門で家族写真を撮った俺達は、受付のある昇降口へと向かう。

受付に並ぶ子供達は全員、俺の同級生ということになる。

ピカピカのランドセルとキラキラした瞳(ひとみ)が眩(まぶ)しい。

「ほら、私の言った通りでした。みんな好きな色を選んでいるでしょう」

「うん。でも、僕はこれが気に入ったから」

ランドセルを買いに行って驚いた。

俺が小学生の時は赤と黒の二色しかなかったのに、今ではカラフルなランドセルが棚を埋め尽くし、百貨店の一角を占領しているではないか。

存在こそ知っていたものの、これほどバリエーションが多いとは予想外だった。

サイズや収納の造りだけを選べば良いと思っていた俺は、あまりの選択肢の多さに度肝を抜かれた。

「聖は青が好きだと思っていたのですが……」

百貨店で真っ先に青いランドセルを勧めてきたお母様は、そう言って意外そうな顔をしていた。

なんでも、ランドセル購入に向けて、小学生の登校風景を調査してきてくれたらしい。

地域によってはランドセルの色に風潮があり、一人だけ色が違って浮いてしまうことがある。俺が小学校で仲間はずれにされないよう、好きな色を選んでも問題ないか確認してくれたのだ。

お母様の調査結果では、この学区だと皆好きな色を選ぶようで、登下校時にはカラフルな光景が見られるという。

そのうえで、俺の好きな色を知っているお母様は、青いランドセルを勧めてきたのだ。

就学前の子供を持つ母親がこんなことまでしているとは知らなかった。深い愛情を感じる。

前世の記憶がなかったら、勧められるがままに青いランドセルを買っていたことだろ

う。

　まぁ、結局俺は黒を選んだのだが。

　やっぱり無難(ぶなん)というか、慣れ親しんだ黒いランドセルが一番しっくりきた。

　好きでもない黒をなぜ選ぶのか、お母様的には理解できなかったらしく、俺が「周りから浮くのを恐れているのでは？」と考えたようで……。

　それが先ほどのやりとりに繋がる。

　今世の両親は前世の両親より心配性のようだ。

　俺が幼稚園でもうまくやってるのは知っているだろうに。

「おはようございます。就学通知書をお持ちですか？」

　受付の女性はお母様から通知書を受け取り、名簿を確認する。

「峡部　聖君ね……はい、確認しました。入学おめでとうございます。聖君はこのお兄ちゃんと手を繋いで、お友達のところに行こうね。保護者の方は体育館でお待ちください」

「聖、私達は後ろから見ていますね」

「お兄ちゃんどこ行くの？」

「またすぐに会える。……お前の心配は……必要なさそうだな」

とか言いつつソワソワしている親父。

俺は家族に手を振り、エスコートしてくれる上級生の列に近づく。

六年生と思しき男の子が俺の服に名札をつけ、教室まで案内してくれた。

教室内は思っていた以上に静かだった。

みんな初めての小学校に緊張しているようだ。

慣れない晴れ着に身を包み、ソワソワ辺りを見回しているところが可愛らしい。

一人大人の余裕を見せる俺は、暇つぶしに霊力の精錬を始めるのだった。

周囲のざわめきを耳にし、俺はいつの間にか閉じていた目を開ける。入場の時間が来たようだ。

先生の指示に従い、上級生と手を繋いで体育館へと向かう。

小学校の入学式ってこんな感じだったっけ。

この頃の記憶はあまり残ってないなぁ。

流れに乗って体育館へと入場すると、盛大な拍手で迎えられた。

俺は早速、保護者席の両親を探す。

記念すべき入学式だ、両親へ手を振るくらいのサービスはするべきだろう。

おっ、いたいた。

保護者席の真ん中らへん、お母様が手を振り返してくれる横で、親父がスマホを構えている。

少し離れた場所に殿部一家も見えた。

加奈ちゃんは俺の後ろにいるようだ。

席に着いた俺は案内役の上級生にお礼を言い、ほどなくして人生二度目の入学式が始まった。

「新入生の皆さん、ご入学おめでとうございます！　私はこの学舎で校長を務める阿部と申します。春のうららかな日差しの中、希望に満ちた――」

（なるほど、校長先生のお話は子供というより保護者に向けた内容なのか）

学校行事名物、校長先生のお話。

長くて退屈な話をされた記憶しかない。

だが、数十年ぶりに聞く校長先生のお話は、俺が思っていたよりも興味深い内容だった。

「友達を大切に」とか「無限の未来が待っている」とか「今しかできないこと」とか。

最近のマセてる子供が聞いたら「そんなの当たり前じゃん」と言いそうなお話も、人生一周すると言葉の重みが違ってくる。

当たり前を当たり前にすることこそ最も難しいと学ぶ頃には、全て手遅れになっているものだ。

校長先生のお話には、そんな幼子達に伝えておくべき先人の知恵が詰まっていた。

まぁ、この年齢で忠告されたところで、理解できるはずもないのだが。

周囲の子供達は早くもつまらなそうな様子。

やっぱり、俺とは時間の流れが違うのだろう。

「たくさんのお友達を作り、お互いに助け合い、皆で仲良く、学校生活を楽しんでください。この学舎で、子供達にとって一生の宝になるような思い出を作れるよう、私達教員一同尽力して参ります。つきましては、保護者の皆様にもご理解ご協力のほど、よろしくお願いいたします」

「校長先生、ありがとうございました。続きまして——」

そうだな、校長先生の仰る通り、友達はたくさん作るべきだ。

歳を取れば取るほど、別れの機会が増えてくる。

両親が先立ち、子育てを終えた親友と交流を再開したと思ったら、彼らもすぐに旅立ってしまった。

昔を懐かしんで話せる相手がいなくなり、前世の俺はいよいよ孤独を感じ始め、シニア婚活に手を出したり……。

今世では親友だけを作るんじゃなく、上辺だけの友達もキープしておこう。

老後になったら思い出話に花を咲かせられるように、大して交流がない相手でも連絡先だけ残しておこう。

この中にいる誰かとそうなる可能性もゼロじゃない。

前世の数少ない親友の一人とは小学校で出会った。

これからはさらに積極的に交流しようかな。何が切っ掛けで仲良くなるかなんて、誰にもわからないし。

最後に新一年生の集合写真を撮って入学式は終わり、加奈ちゃん達殿部家と一緒に帰路へついた。

「ひじり、明日いっしょにがっこう行こうね。ぜったいだよ」

「うん、いいよ」

前世ではあまり楽しめなかった学校生活。

社会人になって何度もやり直したいと後悔した学校生活。

だからこそ、やりたいことがたくさん浮かんでくる。

今度こそ悔いのない学生生活を送ってみせよう。

こうして、俺にとって二回目の小学校生活が始まった。

第二話　学力無双（笑）

厳しい寒さが記憶から薄れ始め、新しい生活にも慣れてきた今日この頃。

俺達は集団登校の集合場所へと向かっていた。

「お手て、はなしちゃメッなんだよ」

「はいはい、離さないよ」

集団登校の際に上級生から教わった言葉を得意げに語る加奈ちゃん。

自分よりも少しだけ大人な女の子、というところが加奈ちゃんの琴線に触れたらしく、ことあるごとにその人のセリフを真似するようになった。

パシャ　パシャ

付き添いのお母様と裕子さんがスマホのカメラで撮影しているのだろう。

小学一年生の男女が仲睦まじく手を繋ぎながら登校する風景……そりゃあ残したくなる。

もうすぐこんな光景見られなくなるんだから。

「「おはようございます」」

「おはよう。二人とも仲いいね。峡部(きょうぶ)さんと殿部(でんべ)さんもおはようございます」

集団登校の班長を務める保護者に挨拶(あいさつ)をし、お母様達とはここでお別れする。

保護者間の交流も問題なさそうだし、一安心である。

俺達は俺達で子供達の列に加わった。

俺達の通う学校には、新一年生が入学してから半月の間は集団登校をする決まりがある。

交通事故や誘拐の防止は当然として、通学路の記憶や児童間で顔見知りになるためだろう。

この半月で近所に住む小学生の顔ぶれは覚えたし、学校側の狙い通りといえる。

列の最後尾で俺達を待っていたのは、集団登校の班長の娘である六年生の女の子。

「今日は最後の集団登校だから、ちゃんとルールを覚えてね」

「はい！　まずは手をつなぐこと！」

そう言って指導してくる彼女こそ、加奈ちゃんの憧(あこが)れのお姉さんである。

加奈ちゃんは離すなと言った俺の手をあっさり離し、そのお姉さんの手を取った。

なんだろう、この寂寥感(せきりょうかん)は。

集団登校中、一年生は上級生と手を繋ぐ決まりがあるので、俺は前にいた女の子と手を繋いでもらうことにした。

「香澄お姉さん、手を繋いでもらってもいいですか？」

「あっ、聖君。いいよ〜。はい」

こうして俺は、毎朝違う女の子と手を繋いで登校している。

俺が子供の頃だったら異性相手に恥ずかしがったかもしれないが、そんな羞恥心は前世に捨ててきた。

野郎と手を繋ぐよりも女の子と手を繋ぐ方が良いに決まっている。

それに、今のうちに異性との交流に慣れておかなければならない。

大人になったら異性と手を繋ぐどころか、会話すらできなくなるからな。

集合時間を五分過ぎたところで全員集合。列を維持しながら移動を開始する。

横断歩道は右左右を確認し、手をあげながら渡る。

歩道がない道は端に寄り、自転車や車の往来に気をつける。

信号が点滅していたら、走って渡らずに次を待つ。

町内の人には挨拶する。

知らない人に話しかけられても返事をしない。

などなど、通学時のルールをおさらいしつつ、今年度最後の集団登校が終わった。

「ありがとうございました」

「またね、聖君」

昇降口前で先輩とお別れした俺は、早速自分の教室へと向かう。

一年三組の扉を開ければ、子供達の賑やかな声が耳に飛び込む。

子供の適応力は高く、この二週間ですっかり教室の空気にも慣れたらしい。

俺は自分の席へ移動するまでに、すれ違う子供達全員へ挨拶した。入学式で掲げた目標を実行するお手軽な手段である。

お手軽とはいえ、人見知りしがちだった前世の俺には真似できない陽キャスキル――教室内拡散型無差別挨拶は、相手が返してくれなかったらただの痛い奴になりかねない。クラスの中でもコミュニケーション能力と人気が一定値以上の人間のみ使える大技である。

「おはよう」

「お・は・よ！」

全員ちゃんと挨拶を返してくれる。

みんな育ちがいいというか、親の教育が行き届いているというか。

よく考えずとも、由緒正しい家が立ち並ぶ住宅街には金持ちが多い。

我が家だって外観こそボロいものの、あの広い敷地を数百年守り続けてきた名家なのだ。

収入がなくなったら没落、結婚できなかったら断絶、子宝に恵まれなくても断絶する。

長く家を守り続けるということは、それだけで凄いことである。

俺なんて、彼女すら作ることもできずあっさり血を絶やしたからな。

ご先祖様に顔向けできない。

しばらくするとチャイムが鳴り、初めから教室にいた先生が教壇に立つ。先生はついさっきまで、教室を走り回って転び、わんわん泣きじゃくる子をあやしていたのだ。朝からお疲れ様です。

朝の会の後、そのまますぐに授業が始まる。

中学以降は担当科目毎(ごと)に先生が分かれているが、小学校の先生は全科目ワンマンで授業を行う。

泣きじゃくる子供をなだめ、全科目の授業の準備をする……よほどの熱意がないと続けられない職業だ。

今日の一時間目は〝こくご〟。

「みんな、ひらがな練習帳を開いてね。今日は『や』『ゆ』『よ』の練習をします」

先生の指示を受け、みんな一斉(いっせい)にページを捲(めく)る。

ふむ、凄く馴染(なじ)みのある体裁(ていさい)だ。

つい最近(三年前)までお世話になっていたそれを、俺はすらすら埋めていく。

「聖君、綺麗(きれい)な字を書けてすごい！　みんなも頑張って書いてるから、もう少し待っててね」

「はい」

速攻で課題を終えた優等生な俺は、先生の言いつけを守り静かに待つ。

「ヒナタちゃん、止めが上手にできてるね」

「コウタくん字のバランスがいいよ」

「リョウタくん、かっこいい絵を描いてるね。こっちの文字はなぞれるかな?」

我らが担任の先生は長年教員を務めている女性で、的確に生徒を指導している。

まだどこか幼稚園気分を抜け出せていない子供を導き、少しずつ小学生の自覚を促す。

幼稚園の先生も凄かったが、小学校の先生も凄い職業なのだなと、改めて気がついた。

先ほどから聞こえてくる褒め言葉なんて、プロと呼ぶに相応しいワードチョイスである。

前世の俺もこれくらい褒め上手だったら、職場の後輩達にもっと慕われていたのだろうか。

一時間目の授業が終わり、二時間目の〝さんすう〟が始まる。

そこでも優等生な俺は速攻で問題を解き終える。

足し算引き算など秒で終わってしまうので、数字を綺麗に書いてみた。一分もかからなかったが。

俺の横を通りがかった先生がすかさず声を掛けてくる。

「聖君はよく勉強しているね。先生驚いちゃった」

「ありがとうございます」

先生の褒めテクは尊敬するが、小学一年生の内容を褒められても、俺にとっては新手の羞恥プレイでしかない。

仮にも前世で大学卒業した人間だぞ。

解けない方がまずいだろ。

とはいえ、俺の中身が元老人だなんて知る由もなく。

先生は優秀な生徒を直球で褒めてくる。

子供達も何となく空気で察しているのか、俺は勉強ができる奴だと認知され始めていた。

うん、恥ずかしいから尊敬の眼差しを向けないで。

そこはかとなく湧き上がる羞恥心をつとめて無視し、一人静かに霊力の精錬を始める。

人生二度目の授業風景は、そんな感じで過ぎていった。

第三話　運動会

最近の小学校は運動会を五月に開催するところが増えているらしい。

〝スポーツの秋〟のイメージが強い俺としては違和感を覚える。

だが、地球温暖化の影響か、近年の秋は残暑厳しい季節となっており、熱中症対策や台風回避などを考慮してのことなので、これも時代の変化なのだろう。

入学して一ヶ月ちょっと経った今日、思った以上に早くその日はやって来た。

「『宣誓！　僕たち、私たちは、スポーツマンシップにのっとり、正々堂々、練習の成果を発揮し、仲間と力を合わせ、最後まで頑張りぬくことを、誓います！』」

あぁ、この定型句が懐かしい。子供の頃を思い出した。

昔の自分は「開会式とか入場行進とか、そもそも運動会とか面倒くさい」としか思っていなかった。

根本的に運動が苦手だったため、運動会に対して否定的な感情しかなかったのだ。

開会式が終わり、一年三組のテントへ戻って来ると、とある男子が威勢よく叫ぶ。

「一位取ろうぜ！」

彼はクラスの中心的人物で、何かと声が大きい男子だ。

具体的に何の一位を目指すのかよく分からないが、とりあえず叫びたかったのだろう。

運動会の浮かれた雰囲気を誰よりも楽しんでいる。

前世では斜に構えて、運動会で盛り上がる連中を「バカみたい」と思いながら隅でやり過ごしていた。

だが、せっかくの二度目の人生、楽しまなきゃ損だろう。

「そうだね。皆で楽しみながら、一位を目指そう。運動苦手な人は無理せずに応援を頑張ってね」

クラス全体に声を掛けるという、およそ俺らしくない行動。

前世なら絶対にできなかったことだが、今の俺のクラス内ポジションなら可能だ。

突然何言ってんのこいつ、みたいな空気にはなっていない……ようだな。

俺の後に会話が続いている……よかったぁ。

彼らほどハイテンションにはなれないが、俺は俺なりに運動会を楽しもう。

一年生の種目は八十m徒競走と玉入れ、それに低学年紅白リレーだ。

このうち、俺が出場するのは徒競走と、低学年紅白リレー。

運動が苦手だった前世なら、迷うことなく玉入れを選んでいた。

そして、足の速い子が選抜される低学年紅白リレーでは、候補にすら挙がらなかったはず。

だがしかし、今の俺にはイレギュラーとの戦いで習得した身体強化がある。苦手分野から一転、運動は陰陽術に次ぐ得意分野となっていた。

体力測定の日、陰陽術を使うのはズルではないかと頭をよぎったが、すぐに否定した。親から貰った体と環境、それから運も含めて全て実力である。

むしろ持てる技術全てを駆使してこそ全力といえよう。

「次の競技は一年生の徒競走です」

アナウンスと共に入場すれば、さっそく競技が始まる。

体力測定のタイムを参考に、同じくらいの速さの生徒が集まって競走する。

俺の出番はラスト、一年生の中で一番速いグループだ。

一緒に走る子供達は皆やんちゃそうな顔をしている。前世の俺だったら、そっと距離を取るタイプだな。

やはり、足の速さという明確な結果が出る長所を持つと、自己肯定感が上がりやすいのだろうか。全校生徒と保護者の注目を浴びているというのに、彼らは全然緊張していない。

「位置について！」

だがしかし、運動大好きやんちゃ坊主など、チート技術を習得した俺の敵ではない。

クラウチングスタート以外でスタート地点に立つ時、両腕はどんな感じに構えればいいのか……なんてことをスタート直前に悩むくらいには余裕がある。

「よーい」

パンッ

二歩進んだ段階で全員を置き去りにし、俺の独壇場が始まった。

そして速攻で終わった。

十mくらい差が開いてのゴールだ。

圧勝である。

とはいえ、小学一年生の狭い歩幅では大した距離は稼げない。観客から見て、かなり微笑ましい勝負だっただろう。

身体強化を加味して小学三年生と同レベルといったところか。

まぁ、圧倒的差でゴールしているのだから、他の子供達からしたら十分チートだな。

体育の授業でも無双していたので、クラスの中では一番足が速いと認知されていたが、今日この日をもって学校中に知れ渡ったわけだ。

あぁ、この注目を浴びる感覚……悪くない。

初めこそ慣れなかったが、大きな緊張感と羞恥心の中に、いつしか僅かながらの心地よさを感じ始めてきた。

これが名誉欲か。

（あれ？　思ったよりこっちを見てる人少ないような）

一年生の競技は微笑ましくあれど、盛り上がりに欠ける。

そのせいか、二～六年生達は友達とのおしゃべりに夢中で、こっちを見ていない。

俺に注目しているのは一年生とその親、そして教師くらいなものだ。

だが、次の出場競技「低学年紅白リレー」はそうはいかない。

一・二学年を紅白に分け、各クラスから足の速い男女二人ずつを選出し、十六人一チームで走る競技。一年生の徒競走と比べたら注目度は段違いに高い。

低・中・高学年紅白リレーと六年生クラス対抗リレーの二大競技を前に、まずは腹ごしらえの時間だ。

昼休憩に入り、各々自由行動が認められた。

俺は隣のクラスの加奈ちゃんと合流し、何度もカメラ目線を送った保護者席へと向かう。

おっ、いたいた。

保護者席のすぐ近く、校庭の木陰にビニールシートを敷き、お母様と裕子さんがお弁当を広げている。

本日の主役の登場に、保護者達が笑顔を浮かべた。

「見てたぞ」

「格好良かったですよ！」

「お兄ちゃん速ーい」

家族が賞賛の言葉と共に出迎えてくれる。

すぐそばで加奈ちゃんも同じような言葉をかけられていた。

加奈ちゃんも徒競走で一位だったから。

籾さんは娘のイベント皆勤賞なので言うまでもないが、驚いたことに今回はうちの親父も応援に来ている。幼稚園の時は来られなかったのに。

鬼を従えてから、親父は以前より休みを取るようになった。

戦闘力＝キャリアアップしたことで、あくせく働かなくてよくなったのかもしれない。

自己鍛錬のためという、もう一つの理由もあるのだが。

「お腹空いた」

「聖の好きなおかずをいっぱい作りましたから、たくさん食べてくださいね」

美味しそうな香りにつられ、代謝の良い体が腹の虫を鳴かせる。

外で食べるご飯はなぜこんなに美味しいのか。さらに、運動会のお弁当というプレミア感まで加わって、家族でピクニックへ行った時よりも幸せを感じられる。

俺が焼きそばを食べきったところで、裕子さんが話しかけてきた。

「加奈ちゃんを連れてきてくれてありがとね。見てたわよ、足速いのね！」

「聖坊は勉強だけじゃなくて運動も得意なんだな。ぶっちぎりの一位でゴールしてたぞ」

ここでいう勉強とは、陰陽術のことを指している。

勉強得意なタイプは運動苦手という、ステレオタイプを想像していたに違いない。

俺の素の身体能力は多分平均だから、籾さんの予想は当たっている。

「小学校に上がって、また何か教わったのか？」

「ううん、特には。いつも通り勉強してるだけ」

遠回しに、親父から身体強化に似た陰陽術でも教わったのか、と聞いてくる籾さん。

幼稚園の運動会でも全力疾走していたが、あまりに短距離過ぎて俺の実力が伝わっていなかったようだ。

籾さんからすれば、突然俺の足が速くなったように見えるだろう。当然の疑問だ。

殿部家に峡部家の秘術を探る気はないから、きっと俺の陰陽術指導がどれだけ進んでいるのか、単純に気になったのだろう。

「……要は自分のペースで頑張ろうな」

「……？」

お父さんの膝の上で唐揚げを頬張る要君は、何を言われたのかよく分かっていない様子。

籾さん、俺を参考に指導するつもりだったのか？

要君が可哀想だからやめて差し上げて。

皆が驚いているのに対し、親父だけは平然としている。

それもそのはず。

親父はただ一人、俺が霊力ドーピングしていることを知っているのだから。

七五三の後のこと。

身体強化について親父に話したところ、案の定、武家の内気や武僧の秘術に似ていると言われた。

既にある技術とはいえ、それを子供が再現できたという事実は驚愕に値するらしいが。

本来は長く辛い修行を経て習得する、正しく秘術と呼ぶに相応しい高度な技術なのだとか。

不思議生物を模倣して会得した、なんて言われても納得できないようだ。

『なぜ……。いや、危機的状況から……。ならば、他の陰陽師も……』

まぁ、俺も命懸けの戦いをしたわけだし、秘術の一つや二つ覚醒してもおかしくないんじゃないか。

そもそも、陰陽術関連に合理性を求める方が間違っている。

結局親父は、どうして俺が身体強化を習得できたのか理解するのを諦め、殊勝な態度で教えを乞うてきた。

もともと親父にだけは共有するつもりだったので、その他の技術と合わせてコツを伝えている。一向に習得する気配は見られないが。

「ごちそうさまでした」

美味しいお弁当でチャージ完了。

運動会の醍醐味の一つ、堪能しました。

「午後も頑張ってくださいね」

「応援している」

お昼ご飯の後は、いよいよ低学年紅白リレーだ。

家族の声援を背に、グラウンドへ入場する。

走順は一年女子の後に男子、その後二年生で、俺は一年男子の最後である。

二年のアンカーほどではないが、まぁまぁ目立つポジションだ。

あっ、始まった。

他クラスの一年女子がグラウンドを駆け抜け、半周したところでバトンを渡す。

我ら白組はこの時点で少し遅れていた。

次の女子がバトンパスをミスしてしまい、さらに差が開く。

そこからは一定の差をつけられたまま、大きな展開もなくリレーは続く。

一年男子が巻き返そうと奮闘するも、相手チームの男子もクラス代表だけあって同レベルなので、結局差は縮まらない。

観客からすれば、これは二年生に懸けるしかないと判断する場面だろう。

そんな状況の中、俺にバトンが渡された。

一年生女子によって開いた差を埋めるべく、バトンパスの段階で練習量の差を発揮する。前世で嫌々やらされた練習も、意外と体が覚えているものだ。

十m先にいる赤組の背中に追いつき――追い抜く。

「「抜かれるぞ！　赤組負けるな！」」

「む～り～」

ごめんな少年、俺も白組の看板背負ってるから負けられないんだ。

差を縮めるどころか、巻き返した上に五m差をつけてバトンを繋いだ俺に、観客達の歓声が届いた。

予想外のどんでん返しに盛り上がっているようだ。

少し乱れた息を整えながら、歓声に応えるように小さく手を振ってみる。

あ、これ楽しい。

勉強とは違い、運動に関しては常に全力を出している。

前世では運動関係で褒められた覚えがないので、この賞賛は素直に嬉しい。

なるほど、これは自己肯定感も上がるわ。

育ち盛りな俺はこれからメキメキ身長が伸び、体ができあがってくるだろう。その時にはさらに身体能力が上がり、全校生徒の注目を集めるに違いない。

中学校に進学して部活動に所属すれば、学生にとって一大イベントと言える中総体が待っている。

今以上の注目を浴び、大勢の前でトロフィーを貰ったら……一体どれほどの達成感を得られるのだろうか。

今から将来が楽しみだ。

俺はこの日ようやく、前世から引き摺っていた運動に対する苦手意識を払拭することができた。

「これだけ動けるなら、連れて行っても問題ない……か」

帰り際、なんか親父から不穏な独り言が聞こえてきたんだが……。

おい、今度はどこに連れて行くつもりだ？

第四話　夏の予定

夏休みも近づいてきたある日のこと。

俺は夕食前のひと時をのんびり過ごしていた。

お母様は夕飯の準備、親父は明日の仕事の道具確認、優也はテレビを見ている。

もうすっかりこの家の風景が〝実家〟になってしまった。

前世の実家の光景も忘れられないが、それに並ぶように峡部家の思い出が増えていく。

リビングを見回し、その変化に思いを馳せる。

俺が生まれたばかりの頃に比べ、内装はかなり綺麗になった。

年季が入っていることに違いはないが、しっかり手入れされ、ガタが来たところは補修されている。

特に、俺達子供が怪我をしそうな廊下のささくれは、お母様がホームセンターで買ってきた補修グッズで修繕したうえ、廊下用カーペットが敷かれているほどの徹底ぶり。

すべてはお母様の愛ゆえだ。

かつての繁栄を思わせる広い敷地と、栄枯盛衰を思わせるボロさ、そこにお母様の愛が加わり、一般家庭の雰囲気に落ち着いた。

「ご飯ができましたよ」

お母様の一声で、男達はダイニングへ集まる。

テーブルには沢山の料理が並び、俺達の好きなものばかりが揃った最高の食卓となっている。

「おかーさん、これ、やだ」

「薄くスライスしてもダメですか。はい、セロリは私が食べますから、他の野菜は食べましょうね」

「うん！」

優也はまだまだ子供らしく、苦手な食べ物が多い。

いずれ大きくなれば食べられるようになるだろう。

食べ物の大切さはちゃんと理解しているし、焦ることはない。

「聖にも好き嫌いはあるのか」

「ほとんどありませんよ。ピーマンもセロリも食べます。ですが、春菊だけは好きではないようです」

「そうなのか」

……俺にも苦手なものはあるしな。

前世の肉体より鋭敏なのか、野菜の苦みが強く感じる。それでも〝これらの食材は美味しいものである〟という認識があるおかげか、食べられないこともない。

だがしかし、春菊は別だ。

春菊は前世から苦手だったし、念のため一口食べて感想が変わらないことも確認した。子供の鋭敏な舌だと春菊特有の風味がより強化されて、かなり辛い。お母様の出してくれたご飯でなければ残していたところだ。

たぶん、前世で苦手だった風味強めの海産物もダメだと思う。

「好物は唐揚げか」

「揚げ物は二人に限らず、みんな好きですね」

唐揚げをおかずにご飯をもりもり食べる男達。その魅力は言うまでもない。

お母様はあまり食べていないが、やはり揚げ物の魅力には逆らえないようだ。歳を取ると胃が脂っこいものを受けつけなくなるから、今のうちに心行くまで食べておくべきだと思う。

肉汁が溢れる唐揚げをお腹いっぱい食べられるこの体……最高だ。

もちろん、栄養面も考えられており、副菜までしっかり用意されている。

残念ながら優也には不評だったが、赤いトマトや緑の葉野菜がテーブルに彩りを与えてくれる。

一人暮らしだと、この品数は滅多に用意しない。サラダも一人前だけ用意するのは効率が悪いし、出来合いのお総菜をパックのまま食べることも多くなる。

仕事終わりにここまで手の込んだ料理を作る気力も時間もないというのが、最大の理由だが。

自分の分を自分で用意するなら見栄(みば)えも味もこだわらない。

それをお母様は、料理に合ったお皿を選び、綺麗に盛り付けし、栄養も味も考えてくれる。

この彩り豊かな食卓は、ひとえにお母様から家族への思いやりの表れである。

「お母さん、今日もご飯美味しいよ」

「ありがとうございます。たくさん食べてくださいね」

感謝の気持ちは幾(いく)らでも伝えるべき、というのが俺の持論だ。

歳を取るほど、素直な気持ちを表すのが恥ずかしくなってくる。

しかし、伝えられるのは家族が生きている間だけ。死に際に後悔しないよう、今のうちに沢山伝えるべきなのだ。

「おいしいよ！」

「うむ……美味(うま)い」

「うふふ、ありがとうございます」

俺の真似をして優也も美味しいと伝え、それに感化された親父も言葉を紡(つむ)ぐ。

お母様もその言葉を受け取って嬉(うれ)しくなる。

こうして正の感情を増やすことは、陰陽師(おんみょうじ)的にも正しい活動だと思う。

だから、こちらにも伝えるべき……だな。

「お父さんも、いつもお仕事お疲れ様」

「おしごとお疲れさま！」

「……あぁ」

親父のそっけない返事はいつものことだが、内心照れているようだ。

うん……なんというか、やっぱり男同士のコミュニケーションとなると照れくさいものがある。

ちょっと話題を変えよう。

「そういえばお父さん。この前聞いた『連れて行く』ってどこのこと？」

運動会が終わった後の夕飯時にも聞いたのだが、その時は未確定だからと教えてくれなかった。

あれから結構経ったし、そろそろ聞いてもいいだろう。

親父は口の中の唐揚げを飲み込み、お茶で流しこんだ。

喋る準備が整ったところで、親父は俺を見据えて問いかける。

「二年ほど前、鬼と戦った場所を覚えているか」

親父の問いかけに、俺は間髪入れず頷いた。

場所どころか御剣様とのやりとりまで全部覚えている。

あれだろ、稽古をつけてやるって話。

「一時保留としていたが、改めて御剣家から聖が招待された」

あの時は確か御剣家前当主の縁武様が、軽い感じで『今度息子を連れてこい』と言っていたが、今回の招待はもっと正式なもののようだ。

なんせ、御剣〝家〟からの招待だ。前当主だけでなく、現当主からもお呼びがかかっている。

察するに、鬼退治を成し遂げたことで峡部家の価値が上がり、次期当主の俺にも唾をつけておこうという魂胆だろう。

親父の待遇アップからそれは明白だ。どんな企業も優秀な人材を求めるのは変わらない。

「何をするの？」

「訓練の見学会だ」

見学会……普段親父がどんな訓練をしているのか、とても興味がある。

御剣家での業務内容として、依頼がない期間は訓練に充てられる。

以前親父に聞いた時は『走ったり、連携を確認したり、模擬戦闘を行う』としか教えてくれなかった。

百聞は一見にしかず。

口下手な親父に聞くよりも、見た方が早い。

「見込みのある子供は子供用の訓練に参加することもできる。体力測定の結果をお話ししたところ、ご許可を頂けた」

「えぇ～」

「嫌なのか？」

すごく意外そうな表情を浮かべる親父。

意外でも何でもない。だって、そりゃそうだろう。

訓練ってことは体を動かすってことで……あれ？

運動イベント強制参加と聞き、脊髄反射で否定的な感情が湧き出てしまったが、よくよく考えてみたら何も不都合はない。

今世の俺は運動できるんだった。

むしろ周囲に見せつけるチャンスじゃないか。

反射的に行動すると、前世の感覚が飛び出しがちだ。

やはり一生分の経験は根が深い。

思案する俺に、お母様が助け舟を出してくれた。

「もしも嫌なら、遠慮なく言ってくださいね。先方にお願いして、見学だけにしてもらいますから」

親父の話を聞いても驚いていないところを見るに、今回はちゃんと夫婦で話し合ってからの提案らしい。

お母様による親父教育計画も順調なようだ。

「ううん、ちょっと不安になっただけ。走るのは得意だから大丈夫だよね」

「緊張する必要はありませんよ。聖はいつも通り振る舞えば大丈夫です。私達の自慢の息子ですから」

うっ、お母様の言葉が胸に直撃した。

俺も「自慢のお母さんとお父さんだよ」と返すべきなのだろうが……羞恥心を捨てきれないせいでサラリと返せない。

こういうセリフ、俺もいつか真似したい。

「他の子も見学に来るの？」

「いや、聞いていない。関係者以外は立ち入り禁止だからな」

なるほど、子供は俺一人か。

親父のためにも関係者には媚を売っておこう。御剣家の方々へは特に。

「八月上旬を検討している。夏休みは予定を空けておくように」

「うん」

俺はこの時、とんでもない失敗をした。

社会人として５Ｗ１Ｈを確認することは当然なのに、長らく職場から離れていたせいでその重要性を失念していた。

八月上旬のいつからいつまでを予定しているのか、俺はこの時、親父に確認するべきだった。

第五話　小学一年生の夏休み

終業式を終え、待望の夏休みが始まった。

幼稚園ではあまり感じられなかったが、小学校の夏休みには解放感がある。

義務教育という拘束時間があるからこそ、夏休みの特別さが際立つのだ。

一日中陰陽術の練習ができる環境の何と素晴らしいことか。

「おかーさん、つまんない」

ただ、俺達の世話が増えるという点で、お母様にとって面倒な期間でもある。

俺は儀式の練習でブンブン振り回していた御幣をテーブルに置き、優也に声をかけた。

「お母さんは家事で忙しいから、僕と遊ぼう」

「いいですよ、聖。練習を続けてください。優也は私と自転車の練習をしましょうね」

「うん！」

お母様は嫌な顔ひとつせず、優也と夏の空の下へ出て行く。

子供ははしゃいでいるうちに暑さも忘れてしまうが、大人にとっては耐え難いものだ。

あとで飲み物でも持って行こう。

俺はお母様の優しさに甘え、再び儀式の練習に入った。

御幣を一定のリズムで左右に振ったり、そのリズムに合わせて呪文を唱えたり、円を描くような足運びを繰り返す。

自分の感覚としては良い感じだ。

「どんな具合かな」

俺はテーブルの上のスマホを手に取った。

誰かに見てもらわずとも、録画機能でお手軽に確認できる。

親父がお手本動画を残してくれているから、見比べることも可能だ。

いまやスマホは陰陽術の練習に欠かせないアイテムとなっている。早速再生。

「う～ん。なんか違う」

客観的に評価するならば、辛うじて及第点といったところだ。

基本的な動作は合っているのに、なんというか……キレがない？

親父のお手本は迷いがなく、シュッとカッコイイ感じなのだが、俺のはへにょへにょしている。

「練習の差か」

前世ではダンスなんて碌に学んでこなかった。

儀式の動きはダンスともまた違い、変わったリズムで決まった所作を求められる。

筆遣い同様、一から練習して覚えるほかあるまい。

再び練習に入ると、庭から声が聞こえてきた。

「おかーさん、はなさないでね！」

「はい、大丈夫ですよ。まっすぐ前を見てください」

「はなしちゃダメだからね！」

優也が自転車の練習をしている声だ。

気になって外を覗いてみると、補助輪なしの自転車に恐る恐る乗る優也を、お母様が後ろから支えていた。

優也が乗っている自転車は、俺の五歳の誕生日に祖母から贈られた品である。

当然俺は乗れるので、早々に弟へお下がりした。

「一人で自転車に乗れていますよ」

「えっ、おかーさん手はなしちゃダメ！」

直後、自転車の倒れる音がした。

どうやって止まればいいのか分からず、優也が自転車から離脱してしまったようだ。

「怪我はありませんか？……大丈夫ですね。あと少しで一人でも乗れそうですね」

「うぅ～。うん」

お母様に裏切られたような気持ちを抱きつつ、一人で乗れたことを喜んでいる複雑な心境の弟。

何とも微笑ましい光景に、俺も混ざりたくなってしまった。陰陽術の練習をする時間はいくらでもあることだし、今しか過ごせない時間を優先してもいいだろう。

触手を使って冷蔵庫から麦茶を取り出し、俺は夏の太陽の下へ向かうのだった。

七月は陰陽術の練習と家族団欒であっという間に過ぎ去っていった。

今日は八月一日。

一週間前に親父から指定された、御剣家見学の日である。

山道を走ること一時間。

社有車の助手席から降りた俺は、「運転お疲れ様」と親父を労いつつ建物へ向かう。

五階建てのビルは相変わらず質素な外観で、内装は綺麗なままだった。

受付へ顔を出すと、若い女性が微笑ましいものを見つけたような目でこちらを見る。

「こんにちは。君が聖君かな」

「はい。峡部聖です。本日はお世話になります」

「ちゃんと挨拶できてえらいね」

ほんの少しの屈辱感と、デレデレしてしまいそうな男の本能が湧き上がる。

そうだった、今の俺は小学一年生。微笑ましさ全開の子供だった。

そりゃあこんな対応もされる。

「峡部さん、おはようございます。見学許可証の受け取りですね」

「よろしくお願いします」

親父が書類を受け取り、事務手続きを進めていく。

背伸びしながら親父の手元を覗き込むと、以前と同じ免責確認書類にサインしていた。

果たして、今回その危険性を負うのは誰なのか……俺でしょうね。

ただ、訓練中に怪我をすることについて、実はそれほど心配していない。

子供には退屈な時間だと思ったのか、受付さんが俺に話しかけてくれる。

「うちには優秀なお医者様がいるから、安心して訓練に参加してきてね」

『武家の医者は優秀』あの日籾さんが言っていた言葉だ。

親父曰く、内気を使った特殊な治療に現代医療技術を融合した、日本一の医者だとか。歩くだけで辛そうだった親父を、わずか一時間で日常生活に支障がないレベルまで治した。その手腕から、俺はお医者様に一定の信頼を抱いている。

「どんな人ですか？」

「凄く紳士的で真面目なお爺さん。たくさんの人を助けてきた優秀なお医者様だから、聖君が膝を擦りむいてもすぐに治してくれるよ」

ほう、それは頼もしい。

できることなら前世で会って、疼痛緩和の手術をお願いしたかった。

子供好きな受付さんに見送られながら、俺達はビルを後にした。

次に向かう先は御剣家の母屋(おもや)だ。

再び車に乗って移動するのかと思いきや、親父はなぜか車と反対方向へ進んでいく。

「お父さん、車は？」

「ここからは走っていく」

ついてきなさいと告げた親父は、少しずつペースを上げながら山道を走り出した。

俺は慌ててその後を追う。

俺がついて行けるペースをつかんだあたりで、親父が説明を始める。

「通勤バスから降りた後、ビルで受付を済ませた者からこの山道を走る。御剣家の仕事をこなすには体力が必要だからだ。訓練は既に始まっている。辛くなったら言いなさい。その時は背負ってやる」

親父の細い体に負荷(ふか)をかけたら折れてしまいそうだ。

そうでなくとも、親父に頼るのはなんか嫌だ。同じ男として負けたくない。

「……疲れたら言いなさい」

「大丈夫だよ」

呼吸は乱れていないし、全く問題ない。

というか、走り始めてまだ五分も経(た)ってない。

「そろそろ背負うか？」

「全然平気」

走る途中、親父は何度もリタイアを唆してきた。

普通の子供だったら音を上げるまで頑張るかもしれないが、俺は違う。

前世で老化を経験しているため、ほどほどに鍛えることが重要だと知っている。

運動部だった同級生の怪我然り、プロ野球選手の故障然り、若くして取り返しのつかない大怪我をする可能性は十分ある。

小学一年生にして人体の限界を知っている俺は、その上でまだ問題ないと判断した。

そもそも疲れていない。

「無理はするな。怪我をする前に――」

「お父さん」

俺は走りながら親父の言葉を遮った。

全く、こんなところで言わせないでほしい。

「知ってるでしょ？　僕そんなに柔じゃないよ」

「……そうだったな」

霊力のおかげか、前世と比べて持久力や回復力が格段に高い。

これは身体強化の効果とはまた別で、生まれながらに霊力を保有する陰陽師の特性に近いようだ。

確定事項として記載されている書物はないのだが、前世で霊力を持っていなかった俺の経験からして、明らかに霊力が何らかの作用をもたらしている。

加奈(かな)ちゃんも同年代と比べて足が速いし、術を使わずとも、陰陽師は霊力によって身体能力が増強されているのかもしれない。

俺はその上に身体強化の重ね掛けをしている状態だ。

ちょっと山道を走る程度で肉体の限界には及(およ)ばない。

親父はそのことをちゃんと知っている。

……だから心配する必要ないのに。変なところで過保護なんだから。

見る者が見れば身体強化はバレてしまうらしいが、明言するのと推察(すいさつ)されるのでは意味が違う。

こんなところで話していい内容じゃない。

「お父さんが僕の歩幅に合わせてくれてるから大丈夫」

「……そうか」

たとえ息が上がっても、そこからずっと走り続けられる。それが霊力を活力のようなものと表現した理由だ。

喩(たと)えるなら、外付けの燃料タンクを積んでいる感じ。

肉体が持っているスタミナはとっくに消費したのに、霊力がそれをみるみる回復させていく。

そのおかげで、俺は親父の世話になることなく目的地まで駆け抜けることができた。

母屋のある平地が見えてきたと同時、歓迎の声が飛んでくる。

「よく来たな、強の息子！」

母屋の前で仁王立ちする、実質的なこの屋敷の主。

先代当主、御剣縁武様のお出迎えによって、夏休みの一大イベント『武家見学』が始まった。

第六話　武家見学

「走りきったか。見込み通りだ」

ほんの少し呼吸の乱れた俺を見て、御剣様がそんなことをおっしゃる。

途中だけ親父に背負ってもらった可能性もあるだろうに、何を見て判断したのやら。

まぁ、当たってますけど。

「ちょうど訓練を始めたところだ。来い」

挨拶をする間もなく、御剣様は俺達に背を向けて歩き出した。向かう先は母屋の隣にある道場だ。

この後どうすればよいのか、目で親父に問いかける。

「御剣様直々にご案内してくださるようだ。ついて行きなさい」

「うん」

親父と一緒に御剣様の後を追う。

先代当主が時間を割いてくださるあたり、峡部家はかなり期待されているようだ。

俺という将来有望な次期当主が控えていることだし、我が家の未来は明るいな。

「失礼します」

道場の入り口をくぐると、そこには三十人ほどの大人達がいた。

外観から予想していた通り、中は板張りで天井もかなり高く、大人が全力で運動しても問題ない広さだ。

長きにわたって訓練に利用されたのか、かなり年季が入っており、入り口付近の床が擦り減っている。

窓が少ないせいで換気が不十分なのだろう、男達の汗臭い匂いが顔にぶつかってきた。

御剣様の帰還に気づいた幾人かが、その手を止めてこちらを振り向く。

「そのまま続けろ」

「「「おう！」」」

中にいたのは木刀を持った十人ほどの男性と、お札を持った二十人ほどの男性だ。

皆お揃いのジャージを着ており、二人組を作って殴り合いをしている。

勿論、ただの殴り合いではない。

一方が木刀や札で攻め、もう一方はお札だけで作れる簡易結界で防御を張っている。

すぐ目の前にいた武士と思しき男性が、大上段から木刀を振り下ろす。

ガンッ
鈍い音をたてて木刀が弾かれた。

半透明な結界には一本の罅が生じており、それが物理性能のある結界であることを示していた。

一方、陰陽師同士で向き合っているところは、木刀の代わりに焔之札や風刃之札が飛び交っていた。

こちらは攻撃を加えられると、結界が溶けるように消えていく。

霊的性能に特化した結界のようだ。

妖怪の攻撃分類に合わせて、結界にも物理結界と霊的結界の二種類がある。

愛用されている結界は家ごとに異なり、片方の性質に寄っていたり、特化型だったりする。

ちなみに、峡部家の簡易結界は中間だ。

物理的防御力もあるし、霊的防御力もある。その分どちらかに特化した強さはないそうだ。

弱点がないととるか、どっちつかずの中途半端ととるか、人によって意見が分かれるところだろう。

俺が一連の流れを観察したところで、御剣様が口を開く。

「物理結界に特化している者は武士との矛盾対決。霊的結界に特化している者は陰陽師同士での札のぶつけ合いによる耐久力勝負。室内という限られた空間で、不意打ちを食らった時を想定した訓練だ」

解説までしてくれるとは、至れり尽くせりである。

武士の中でも有名な人物の話を聞ける機会はそうそうあるもんじゃない。

準備万全の状態で本気を出すなら〝天岩戸〟のような大掛かりな結界を作るだろう。

しかし、人類は妖怪への対処において、基本後手に回る。

準備不足の中、大掛かりな結界を用意する暇はない。室内での遭遇戦や不意打ちにはお札を貼って簡易結界を作り、その身を守ることになる。

と、おんみょーじチャンネルの結界特集でやっていた。

まとめとして、基礎となるお札作りと簡易結界を極めろ、だそうな。

「童もやってみろ。武士の力を体験させてやる」

おぉ、それは是非やってみたい。

妖怪と生身で戦う武士がどれほど強いのか、ずっと興味があった。

「おい、大勝。相手してやれ」

「はっ」

俺の相手に指名されたのは、親父よりも一回り年上に見える中年男性。

中肉中背で、渋い顔つきが特徴的。

親父もそうだが、訓練とかしている割には体が細い気がする。

少なくとも、御剣様の巨軀と比べたら弱そうに見える。

俺はこんなこともあろうかと用意していた簡易結界の札を三枚取り出し、親父に尋ねた。

「お父さんはいつもどれくらい霊力注ぐの？」

「……鬼に支払う対価と同等量だ」

僅かな思案の後、親父が答えた。

なるほど、ならその倍くらいにしておくか。今日一日でどのくらい消費するかわからないし。

「10数える間に結界を張れ。始め！」

御剣様はそう言ってカウントダウンを始める。

ちょっと待って、いま霊力注ぐから！

「4……3……2……」

俺は札を地面に置き、霊力を励起させて結界を張った。

ギリギリセーフ。随分急に始めるなぁ。

いや、不意打ちを想定しているんだ、むしろ猶予をくれた方だろう。

「……1……0」

「はぁっ！」

「よろしくお願――」

挨拶するより先に、大勝さんの木刀が襲いかかってきた。

ゴ――ン

いつの間にか静まり返っていた道場内に、木がぶつかったとは思えぬ鈍い音が響き渡る。

目にも留まらぬ速さで振り下ろされた木刀は、俺の目の前で結界に阻まれていた。

うっすら見える結界に、綺麗な一本の罅が入っており、輪郭もかなり揺らいでいる。

（こ、怖――！）

我が家の結界は効率重視。

空間を狭くすることで結界の密度を高め、耐久力を上げているそうだ。

つまり、俺の目の前まで木刀が迫ってくるということ。

遅れて危機感を覚えた体が心拍数を上げていく。

あの勢いでぶつかったら二回目の死を体験していたに違いない。そうでなくとも魂が抜けるかと思った。

放心している俺に道場の男達が駆け寄ってくる。

「おぉ！」

「凄いぞ坊主」

「その歳でもう結界を使いこなしてるのか、いや凄いな」

「その札は自分で作ったのかい？　それともお父さんが？」

「強が散々自慢するから期待してたが、期待以上じゃねぇか」

あっ、はい、どうも。

いつも父がお世話になってます。って、親父、職場で俺のこと自慢してたのか。どんな顔して話すのか見てみたい。

自分より大きい人間が一気に近づいてくると圧迫感を覚える。

子供相手ということでかなり気安く話しかけられるのだろう。

いや、同僚の子供が職場に来たら構いたくなるのも当然か。

「お主ら、儂の前で訓練をサボるとはいい度胸だな」

チヤホヤされて嬉しい反面、初対面の相手から賞賛されてどう返すべきか悩ましい。

そんな俺にとって、御剣様の注意は渡りに船だった。

一旦解散していただき、一人ずつ来てもらえませんか？　ありがとうございます以外の返事を用意したいので。

「ちょっとくらい良いじゃないっすか」

「峡部家の長男ってことは、いずれうちで働くんでしょう？　なら、未来の同僚とのコミュニケーションってことで」

「さっき頑張ったんで休憩ください！」

道場に入った時の返事が嘘のように、上司の脅しをフランクに無視している社員達。

職場の雰囲気がよく分からない。

俺のいた職場はもっとビジネスライクだったからなぁ。とてもではないが上司にこんな口利けなかった。

「話したければ夕餉の時間にしろ。自分より弱い大人に敬意を払うほど、子供は間抜けではないぞ」

えっ、夕飯もご馳走になるの？

今更ながら、今日のスケジュールを確認し忘れていた。

てっきり、訓練を一通り見て、ちょっと子供達の訓練に混ぜてもらって、夕方頃に帰るものだとばかり思っていた。

親父の同僚達も、今度の忠告には素直に従うようだ。

「そりゃあまずい。またあとで話そうな、強の息子……聖だったか」

「はい、今日はよろしくお願いします」

俺は別に強さで人を判断するつもりはない。

そもそも人には個性があって、自分にできないことをできる他者には、常に敬意をもって接するべきだと思う。

勉強ができたり、運動ができたり、仕事ができたり、社会はそういう人達の支え合いでできている。

強さはそれら項目の一つにすぎない。

「死にたくなければ強くなれ！　訓練の成果だけは己を裏切らない！」

「「おう！」」

まぁ、陰陽師界隈において〝弱い＝死〟なので、敬意云々関係なく必須項目なのだが。

俺の体験はさっきの一回で終わりらしく、その後しばらく結界の耐久訓練を見学していた。

ただ、離れたところから見ていても得るものはない。

子供の無邪気さを悪用し、俺は親父の同僚達がどんな結界の札を使っているのか盗み見た。

「あんまり近づくと危ないっすよ」

「お兄さん凄いね。攻撃されても壊れない」

「いやぁ、俺の結界なんて先輩達と比べたらまだまだ」

謙遜しつつも子供に褒められて嬉しそうである。チョロい。

俺はその隙にお札をチラ見する。

基本の部分は一緒だが、ちょいちょい差異があるようだ。親父曰く、広く知られている陰陽術については家ごとに工夫されていることが多い。

この違いによってどんな変化が生じるのか、後で試してみよう。

さらに続けて人の好さそうな陰陽師を狙い、いくつかの陣を見ることができた。

予想以上の収穫に俺は大満足である。

まさか子供が技術を盗むとは思うまい。

卑怯と言うなかれ、陰陽術の拡散と多様性はこうして生まれたのだ。

刀鍛冶の弟子が師匠の技術を見て盗むのと同様、秘匿されし陰陽術は教えてもらうのではなく、盗み盗まれ密やかに拡散していく。

当然、札の陣を真似するだけでは完全再現できないだろう。

いろいろな盗作対策もあると聞く。

俺がホクホク顔を浮かべている後ろで、御剣様が指示を出した。

「内気（ないき）と霊力がよい塩梅（あんばい）に減ってきたところで、次の訓練だ」

武家見学、思っていたよりもずっと面白いぞ。

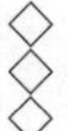

御剣様の号令によって一同は外へ出た。

さて、今度は何をするのかと期待してみれば——。

「総員駆け足！」

「「おうっ」」

また走るのか？

母屋の周辺をランニング……ではなく、一行は山間（やまあい）に続く道を突き進んでいく。

今度はいったいどこへ。

親父が俺の背中に手を当てて教えてくれた。

「訓練場へ移動する。走れるか」

「余裕」

既に体力は完全回復している。

訓練場といえば、親父が鬼と戦ったあの場所だ。

ここからあそこまで結構距離はあったはずだが、皆全力で駆けていく。

大半は三十代、中には中年も混ざっているというのに、とんでもない健脚である。

俺の歩幅では追いつけないので、自分のペースで追いかけることにした。

「その歳でこれだけ走れるなら十分だ。いや、十分すぎるくらいか」

「走るのは得意なので」

今回は御剣様も俺に合わせて走ってくれた。

親父が先導し、その後に俺が続き、最後に御剣様が走る。

後ろから視線を感じるなと思っていると、先ほどの言葉をかけられた。

多分、御剣様は俺が身体強化系の陰陽術を使っていることに気がついている。

俺の身体強化は武僧と違い、陰陽術というよりも霊力の応用であり、話に聞く限り内気の運用に近い。なおのこと見破られそうだ。

表面的な情報がバレることは承知の上だが、俺の内側を見透かされているようで……

「ふむ、体の軸がブレておる。もっと体の芯を意識してみよ」

なんとも落ち着かない。

武闘派の人には他人の体の使い方が見えるものなのか、そんなアドバイスを頂いた。

俺の内側って内面のことであって、体の中身ってことではないのですが……。

「こうですか」

「違う。丹田に力を込め、もっと胸を張れ。重心は上半身に。腕の力は抜け。その走り方ではすぐに疲れるぞ」

突然ランニングフォームの指導が始まった。

一気に言われても困る。

えーっと、お臍の辺りに力を入れて、胸を張ってそれから……。

「上半身を曲げるな、体はまっすぐに。顎を引け。脱力しろとは言ったが、腕を振らないというわけではない。視線は常に前で固定だ」

起伏の激しい山道を走りながら指導に従うのは俺ですらきつい。

そもそも御剣様の言っていることが矛盾しているようで、理解するのが難しすぎた。

言われるがままに修整し、その度にダメ出しをくらう。

「まだまだ言いたいことはあるが、ここまでだな。最初よりは幾ばくかマシになった」

御剣様による貴重な指導タイムは訓練場に到着するまで続いた。

俺なりに頑張ったつもりだが、及第点すら貰えないようだ。

小学一年生に厳しすぎません？

「前より走りやすくなったであろう」

「むしろ疲れました」

「変なところに力が入っているからそうなる。良い体を持っているが、センスの方はからっきしだな」

あぁっ！

俺が気にしていることをよくも言ったな！

薄々気づいていたけど、前世も今世も運動センスには恵まれなかった。

子供達相手に身体能力でゴリ押しするから勝てるだけで、テクニックが必要な球技などではこれまでのような活躍はできないだろう。

大人になってプロの世界に入れば尚(なお)のこと。

みっちり練習すればセンスの差を身体強化で埋められるかもしれないが、天才には勝てないし、何よりスポーツに熱意を向けることはできない。

今は人生を陰陽術に全振りしてるので。

それら事実は重々理解しているが、他人に言われるのは嫌だった。

正直バレるだけでも恥ずかしい。俺のプライドは無駄に高いのだ。

俺達が到着する前に、大人達は訓練場で隊列を組んでいた。

全力疾走の疲労は大きく、陰陽師達はまだ息が上がっている。

この状態からどんな訓練をするのだろうか。

「強とここで見ていろ」

俺に指示を出した御剣様は集団の前で仁王立ちする。

「撤退(てったい)訓練を行う！　力を振り絞って生き残れ！」

トップの指示を受け、男達が幾分疲れた声で返事をした。

先ほどの訓練で霊力を減らし、山道のランニングで体力を使い切り、疲労困憊な状態で行う撤退訓練。

どんな状況を想定しているのか、簡単に予想できる。

強敵との死闘から離脱するための訓練だろう。

訓練場の中央には案山子が設置されており、男達はそれを取り囲むように散開した。

御剣様が案山子の後ろに立ち、これで準備は整ったようだ。

「総員攻撃後撤退！」

大勝さんの短い号令を受け、武士が案山子に斬りかかり、陰陽師が札を一枚飛ばす。

刀は敢えて案山子の手前で振り下ろされ、武士はすぐさま後ろに飛びのいた。二十枚の札は案山子に直撃し、陰陽五行様々な属性の攻撃によって地を抉るほどの破壊をもたらす。

つまり、これだけの攻撃をぶつけても倒せないような強敵がいるということ。

そんな妖怪がホイホイ出てこないことを祈る。

「儂に捕まった者は基礎訓練に強制参加だぁ！」

土煙を突き破って現れたのは、抜き身の刀を持った御剣様だ。

あの輝きはもしや、木刀じゃなくて真剣か？

撤退訓練というだけあって、札を飛ばした瞬間、大人達は一斉に散開している。

二人一組でバラバラの方角へ逃げることにより、生存率を上げる狙いのようだ。

それを追うのが妖怪役の御剣様である。

陸上選手も真っ青な俊足で訓練場を駆け抜け、足の遅い陰陽師に襲い掛かる。

「急急如律令！」

「こんなもので妖怪の攻撃を凌げると思うたか！」

狙われた陰陽師が慌てて結界を張るも、刀の一振りで破壊されてしまった。

先を走っていた相方が足を止め、焔之札を飛ばして逃げる隙を作ろうとする。

「走れ！」

「もっと火力を上げねば、妖怪は意にも介さんぞ！」

だが、御剣様は生身の拳で爆発を打ち払い、そのまま二人とも捕獲してしまった。

確かに焔之札は見た目ほど火力はない。

物理効果50％、霊体効果50％くらいで構成されているので、皮膚に伝わる熱量は同サイズの炎の半分程度。

それでも素手で触れたら間違いなく火傷する。

俺は親父に問いかけた。

「あれ、痛くないの？」

「内気の達人ともなれば、札の一枚程度では傷つかないそうだ」

人間やめてるじゃねぇか。

さすがは御剣様、妖怪退治の前衛集団で頭を務めるだけはある。

……なんて感心してしまったが、あれ、俺にも真似できるのでは？

身体強化が使える俺にとっては不可能ではない。

石を殴るのは試せても、火で炙るのは本能的に避けていた。

今度ライターで試してみるか。

「明石と森田脱落！」

宣告されたペアの基礎訓練強制参加が決定した。

「すまん、俺の足が遅いから……」「いや、俺も大差ないからお互い様だ」なんてやりとりが聞こえてきた。

ここで一旦仕切り直しかと思いきや、御剣様は森の中へと突っ込み、姿が見えなくなった。

ボバン！　ドゴン！

誰か見つかったのだろう、木々の向こうで戦闘音が響く。

やがて、森の中から気絶した大人二人を引きずる御剣様が姿を現した。

他のメンバーは既に森の中へ姿を消しており、影も形もない。さすがの御剣様とて、全力で撤退する大人相手では二組仕留めるので精一杯のようだ。

いや、十分すぎるくらいの戦果だな。

「次いくぞ！」

御剣様が大声で宣言するも、さすがに森の中まで声は通らない。

どうやって呼び戻すのかと思えば、御剣様はポケットから何かを取り出した。

「何してるの？」

「スマホでメッセージを送ってらっしゃる」

「それは見れば分かるけど、なんで訓練中にそんなもの持ってるの？」

「御剣家から支給されている備品だ。広大な敷地で訓練をしていると、今のように仲間の居場所が分からなくなることがままある。そのような時はGPSで調べたり、メッセージを送って集合する。緊急任務で召集がかかることもある」

親父の解説通り、散ったはずのメンバーはすぐに集結した。

よくよく見てみれば、彼らのジャージのポケットはスマホの形に膨らんでいる。

出勤時、ビルの受付で渡されるらしい。

俺が首から下げている見学許可証にもGPS機能が付いているそうだ。

デジタル化の波は陰陽師界にも押し寄せていた。

「ここ最近のことだがな」

「任務でも使うの？」

「いや、半々だ。災害型相手だと使えなくなることが多い」

災害型と呼ばれる霊体特化の妖怪は磁場を乱し、電子機器を使えなくすることがあるという。

そういう時は、我が家の式神が活躍する。むしろ、デバイスが導入される前は式神が主流だったそうな。

ネズミ型の式神が臭(にお)いや痕跡(こんせき)で仲間を発見し、情報伝達するのだ。

表社会において、どの会社も社員全員にノートPCを貸与するのが当たり前な時代である。

妖怪のせいでデジタル化が遅かったほうと言えよう。

……もしかしたら、親父が鬼退治に臨(のぞ)んだ理由には、式神の需要低下も含まれていたのかもしれないな。

「よし、次いくぞ！」

「「「おぅ……」」」

撤退訓練はその後二回繰り返され、きっちり六組十二人の基礎訓練強制参加が決定した。

ここまでの訓練内容を振り返ると、御剣家の活動方針が見てとれる。

〝命大事に〟

ゲームと違って回復魔法なんて存在しない現実世界。そうなるのも当然か。

人材発掘はただでさえ困難なのに、陰陽師界隈の人口減少がさらに拍車を掛けている。

それを乗り越えても、人材育成はとんでもなく手間と金がかかるものだ。簡単に転職されてはかなわないし、殉職(じゅんしょく)されたら全て水の泡となる。

必然、社員を大切にするようになる。

民間軍事会社（PMC）に近い組織だから、人材こそ会社の資産と言えるのかもしれない。

そんな裏側がうっすら見えてきた。

真夏の太陽の下、木陰（こかげ）に立って見ているだけで汗が滲（にじ）む。

走りまくっている大人達は熱中症にならないのだろうか。一回撤退する毎に水分補給したり、塩飴（しおあめ）を舐（な）めたりしているが、照りつける日差しが和（やわ）らぐわけではない。

しかも、敢えて限界へ追い込むように、ろくに休憩を挟まず撤退訓練が繰り返されている。

ピピピ　ピピピ　ピピピ
「午前の訓練はここまでとする」

スマホのアラームを止めた御剣様がそう言うと、男達は揃って笑みを浮かべる。

陰陽師も武士も関係なく、みんな汗だくだ。

休憩時間が待ち遠しかったことだろう。

「暑くて敵（かな）わん。さっさと引き上げるぞ」

「「おう！」」

見事に揃った返事だった。

内気や霊力があっても暑いものは暑い。超人的な肉体を持つ御剣様とて例外ではないようだ。

一行は並足で山道を戻って行く。

今回は俺も彼らの後ろについていけた。

目的地は御剣家の母屋。そこで昼休憩をとるらしい。

目的地が近づくにつれ、男達の足取りは軽くなっていく。

やがて見えてきたのは、何度か見たことがあるのに一度も入ったことのない日本家屋である。

大きな玄関は開け放たれており、俺達を歓迎しているようだった。

「いやー暑かったなー」

「ただいま戻りました！」

「今日のおかずなんだろう」

勝手知ったる我が家とでも言うように、男達は広い玄関で靴(くつ)を脱ぎ、日本家屋へ入っていく。

脱いだ靴をしっかり揃えるあたり、御剣家に雇(やと)われるのは名家出身ばかりであると察することができる。

「お邪魔します」

俺も親父の後に続いて玄関をくぐる。

中は外観に違わぬシンプルな造りで、飾りっ気がない。

安倍家では入って早々調度品の数々が出迎えてくれたのだが、こちらには財力をアピールするつもりがないように見える。

そもそも、安倍家の母屋は歴史ある建物の重厚感で満ちていたのに対し、御剣家の母屋は新築特有の清潔感に溢れている。

どちらも同じくらい歴史ある御家なのに、住んでいる家は随分違うようだ。

誰よりも長く激しく走ったはずなのに、息を切らすことなく先陣を切って進んだ御剣様が、誰へともなく問いかける。

「飯はできてるか」

「あと少しでできますから、皆さん先に汗を流してきてくださいな」

タイミングよく玄関に姿を現したのは、御剣様と同じくらいお歳を召した、割烹着のよく似合う女性である。

背筋はピンと伸びているが、もともと小柄なようで、皺の刻まれた小さな顔はとても可愛らしい。

初対面なのに、なぜか親しみすら覚えてしまう雰囲気を纏っている。

「あなたが聖君？　はじめまして、私幸子っていうの。この人の妻で、縁侍のおばあちゃん。よろしくね。聖君は今何年生かな？」

「はじめまして。峡部　聖です。今年小学一年生になりました。いつも父がお世話になってます」

「まぁ、とっても立派な挨拶ね！　お腹すいたでしょう？　美味しいご飯用意するから、いっぱい食べて」

この人と話していると、前世の祖父母を思い出す。

俺が子供の頃、両親の実家へ行くたびにこんな風に歓迎してくれたっけ。

今世の祖母はあまりに品が良すぎるので、この思い出には結びつかなかった。すごく懐かしい気分だ。

俺がお行儀よく靴を脱ぐ後ろで、二人が話し始める。

「縁侍はどこだ」

「貴方の方に行ったのでは？」

縁侍。

幸子さんの自己紹介にも出てきた人名だ。

御剣様のお孫さんということは、たしか中学二年生だったはず。

「また訓練をサボってゲームでもしとるのか」

「まぁまぁ、せっかくの夏休みですし、少しくらいいいじゃありませんか」

「あやつの場合、少しではすまないから問題だ」

まだ会ったことのない縁侍君だが、俺は彼に親近感を抱いた。

夏休みは遊びたいよね、宿題なんか後回しでゲームしちゃうよね、気づいたら一日終わってるよね。

そして、登校日目前になって半べそかきながら夏休みの宿題をやっつけるんだ……。

これもまた、夏休みの醍醐味である。

「聖、こっちだ」

前世の夏休み回想は強制終了させられた。

親父の後をついて行くと、そこは襖を全開にして作られた大部屋だった。

エアコンがガンガン効いており、生き返るような心地だ。

「ここに荷物を置いて、浴場へ行く」

銭湯のような大浴場で汗を流してスッキリした後、裸の付き合いをしたみんなと仲良く大部屋へ戻れば、大きなローテーブルにたくさんの料理が並んでいるではないか。

部屋にはその料理を配膳する少年少女がいた。

男達が定位置に座りながら彼らに話しかける。

「おっ、縁侍君おはよう。まーたゲームやってたのか？」

「皆おはよ。夏休みなんだし、遊んだっていいじゃん。外暑いし」

「訓練は毎日の積み重ねだ。サボった罰として配膳させられてるのだろう」

「大勝おじさん、いっつも爺ちゃんみたいなこと言う」

ほう、彼が噂の縁侍君か。

御剣家当主の息子であり、縁武様の孫。将来的にこれ以上ない武家へのコネとなろう。晴空君と並んで是非とも友誼を結びたい相手である。

「純恋ちゃん、百合華ちゃん、いつもお手伝い偉いね」

「みつるぎの娘なら、とーぜんだもん」

「ゆりかえらい？　じゃあおじさん、この前のおかしちょうだい」

「あれはお土産だからもうないんだよ。別のお菓子でもいい？」

あっちは御剣家の娘か。

長男の話は聞いていたが、娘がいるとは知らなかった。

俺と同じくらいの背丈で、二人そっくりな顔立ちを見るに双子なのかもしれない。

彼女達の後ろから、お盆を手に持った二人の女性が現れる。

一人は先ほど挨拶をした幸子さんだ。

「二人とも、もう少し手伝ってちょうだいね。あっちに醤油の小皿があるから取ってきてくれる？」

「「はーい」」

二人が部屋を出て行ったところで、もう一人の女性がお土産の男性に声を掛けた。

「可愛がってくれるのはありがたいですが、あんまり甘やかさないでください」

「すみません、蓮華さん。いやぁ、うちには娘がいないから、つい」

蓮華……聞いたことがあるような、ないような。

あの二人の母親だろうか。すると、当主の妻ってことになる。

超重要人物ばかりじゃないですかー。

「いただきます」

「「いただきます！」」

俺がどうやって彼女らと関わりを持とうか悩んでいるうちに、配膳が終わってしまったようだ。

御剣様の後に続いて挨拶をし、早速食事が始まる。

縁侍君と女性陣は俺達と一緒に食事をとるわけではないようで、この場にはいない。

まぁ、またの機会に挨拶すればいいか。

「ん、美味しい」

「揚げ物はすぐになくなるから、今のうちに取っておきなさい」

そう言って親父が唐揚げを取り皿に分けてくれた。

子供の腕には少し遠い位置にお皿があったから助かる。

でも、大皿に山盛りの唐揚げがすぐになくなるなんて思えな……い……。

もう半分しかないじゃん。

いただきますしてからまだ数分だぞ。

いくら腹ペコだからって、育ち盛りの男子みたいな食欲を発揮するには皆年齢がいささか高すぎると思うのだが……。

よく見てみれば、皆碌に咀嚼していない。

こ、これは社会人必須スキル『早食い』だ！

限られた休憩時間のなか、午後の仕事に備えるため少しでも睡眠時間を確保しなければならず、仕方なく習得する不健康スキル。

サラリーマンはもとい、ガテン系なら特に休憩の使い方が重要になってくる。

俺も午睡必須派だったから、よくデスクに突っ伏していたっけ。

「ごちそうさまでした」

「ごちそうさまでした」

「ごちそうさまでした」

それぞれのタイミングで食事を終えると、それまで座っていた座布団を枕にして寝転がる者が出てきた。

畳敷きの大部屋はたちまち男達の昼寝場所へと変わってしまう。

昼休憩にいろいろ話を聞けるのではと考えていた俺は、この状況に困惑を隠せない。

でも、納得してしまった。

「あれだけ運動したら疲れるよね」

むしろ昼寝しないでスマホを弄っているメンツが凄い。

どんな体力をしているんだ。

「聖も寝ておくといい。十五時に午後の訓練が始まる」

「休憩三時間？　長いね」

「霊力をある程度回復するにはそれくらい必要だ」

なるほど、全ては霊力を回復するためか。

俺は微塵（みじん）も消費していないが、食後の心地よい睡魔に身を任せ、親父と一緒に眠りにつくのだった。

……そういえば、親父と一緒に昼寝するのは初めてかもしれない。

日中最高気温となる十四時を文明の利器（エアコン）でやり過ごし、一同は再び訓練場に集まっていた。

「あっつい」

最高気温を回避したからといって、すぐに涼しくなるはずもなく、俺はお天道様（てんとうさま）の下でジリジリ焼かれていた。

なぜ木陰から離れたのかといえば、親父が描いている鬼の召喚陣を見るためだ。

地面に敷かれた大きな紙に、十号（直径3cm）の木軸の筆でちまちま描いていく。

文字の多さは当然として、直径二ｍの真円が曲者（くせもの）だ。あらかじめ家で下書きしてあるとはいえ、墨継（すみつ）ぎしながら巨大な真円や模様を描くのは難しい。

これらをすべて暗記し、短時間で描き上げる親父の技量は素直に尊敬できる。

陣が完成したら、その辺縁に蠟燭や御香をセット。

あとは呪文を唱えながら陣に霊力を流し、召喚すれば準備完了らしい。

「――我、霊力を糧に異界と縁を繋ぎ、式を喚ばんとする者。我が呼び掛けに応えよ！」

長い詠唱の終わりと共に鬼が姿を現した。

こいつと会うのは鬼退治以来である。

あの時は敵だった故に、こうして間近で相対すると身構えてしまう。

そもそも、身長三mのゴリマッチョが目の前に突然現れたら誰でもそうなる。

「次は個人戦でもするの？」

なにやら準備しているのは親父だけでなく、皆それぞれ札や陣を描いている。

戦闘する気満々なのが伝わってくる光景だ。

「いや、模擬戦闘を行う」

模擬戦闘か……そんな都合よく妖怪は現れないし、さっきの案山子でも使うのだろうか。

そんな俺の予想は見事に外れていた。

「強の準備ができたな。第一班は準備しろ」

御剣様の号令によって十人の男達が集まる。

その内訳は三人の武士に七人の陰陽師。

武士が前に出て、陰陽師が後ろから攻撃する、スタンダードな配置である。

ただ一つ疑問なのが、なぜ彼らは俺達を囲むように立っているのか、ということだ。

「聖、こっちへ来なさい」

「えっ、うん」

親父に手を引かれて訓練場の端の方へ寄る。

木陰に戻ったおかげで暑さが和らいだ。

第一班以外の男達もこちらへ集まってくる。

訓練場の中央に残ったのは、十人の男達と鬼だけ。

あれ？

「これより模擬戦闘を行う！　気を抜くなよ！」

「「「おう！」」」

まっ、まさか。

隣を見てみれば、親父の視線は鬼へ向いている。

「戦え」

親父の指示が伝わった瞬間、鬼は一番近くの武士へ殴りかかる。

大地を踏みつける轟音（ごうおん）と、圧倒的筋肉から繰り出される豪腕の一撃が、辺りの空気を震わせた。

狙われた武士はそれを避けるのではなく、刀を下段に構え、真っ向から立ち向かう。

――――！

力と力の衝突は、俺の予想に反して静かに結果だけを残した。

鬼の拳に小さな切り傷がつき、武士の横に振り下ろされている。

一瞬で繰り広げられた攻防、俺の目では追いきれなかった。

結果から推測するに、真正面から殴ったはずの一撃は、武士の技によって往なされたようだ。

もはやCGの世界に片足突っ込んでいる光景。それを目の当たりにした俺は、内心興奮していた。

素人には細かい技術とかサッパリだが、体の芯から震えるような恐ろしさを感じた。

あれがきっと技の冴えというやつだろう。

かっこいい。

そんな感想を抱いてすぐ、戦場は激変した。

静かな戦場は札の巻き起こす爆発音に支配され、武士による三面攻撃によって鬼は切り傷まみれになっていく。

武士が距離を取れば、間髪入れず七人の陰陽師による札の連撃が始まり、鬼を翻弄している。

親父が戦った時は、目眩（めくら）ましを確実に成功させるために効果の薄い焔之札を使っていた。

だが、彼らが小細工を弄（ろう）する必要はない。前衛が守ってくれるこの状況において、多人数による圧殺こそが正攻法となる。

物理特化の鬼に対し、土属性や木属性といった物理効果の高い札を使っており、相性の良さと数の暴力によって鬼にダメージを与えている。

鬼も黙ってやられているわけではない。

武士へ拳を振り下ろし、その後ろで隠れている陰陽師を不意に狙ったりもする。

ただ、第一班の連携を前に、その反撃は意味を成さなかった。

武士を蹴散らそうと一歩踏み出した鬼は、いつの間にか地面に描かれた陣の中心に立たされていた。

「はっ！」

ちょこまか逃げていた陰陽師はここぞとばかりに反撃に出る。

中年の男性が印を結ぶと、塩によって隠蔽（いんぺい）されていた陣が起動し、固く踏みしめられた地面が突如隆起（りゅうき）してトラバサミのように鬼の体へ喰（く）らいつく。

鬼の動きが阻害されると同時、その周囲に二十枚の札が飛んでくる。

地面にペタリと貼り付いた札が再び地面を隆起させ、槍（やり）となって鬼の体へ伸びていく。

刀の一閃すらかすり傷にしかならない鬼の肌相手に、無駄と思われたその一撃は、俺の予想に反して皮膚を突き破った。

「続け続け！」

鬼は厳つい顔をさらに厳つくし、自慢の拳で己を拘束するトラバサミを破壊する。

露わになった噛み跡には、カーブを描く見事な刺し傷が残っていた。

「狙え！」

硬い皮膚の下には赤い血の流れる柔らかい肉が見えており、班長らしき武士の指示に従って札が殺到する。

鬼は自らの弱点を庇おうとするも、背後から斬りかかる武士の一撃も無視できず……全方位攻撃で畳み込まれ、なす術もなく倒れ伏した。

サラサラ塵となって崩れ落ちる奴の姿からは、なんとも言えない悲哀を感じる。

お前……そんな扱いされてたのか……。

たしかに、親父を殴り飛ばした時は腹が立ったし、とどめを刺された時はザマァみろと思った。

だけど……これは……。

訓練用の的にされているのを見ると、むしろ可哀想に思えてくる。

式神の召喚が無理矢理なのだとしたら、尚のこと不憫でならない。

報酬の霊力をもっと増やした方がいいかな。

「悪くない連携だ。次、第二班用意しろ」

第一班と鬼が戦っている間に、今度は峡部家以外の陰陽師が式神を召喚していたようだ。

くっ、そっちはそっちで見たかった。

召喚された式神は猿に似た外見をしている。鬼よりも小さいが、毛皮の下の発達した筋肉を見れば、人間以上の力を持っていると容易に想像できる。

いったいどんな戦いぶりを見せてくれるのか楽しみだ。

俺の隣を第一班の人達が通り過ぎていく。

「よっし！　改良成功だ！」

「前回の大失敗が無駄にならなくてよかったよ。よく挽回したな」

「今日は観客がいたから張り切ったんだろ」

仲良さげに話す彼らは揃って俺へ視線を向ける。

子供の俺が見てるから張り切ったと、ならサービスしておくか。

「お兄さん達格好よかった！」

「お、おぉ、ありがとう」

「柄にもなく照れやがって。聖君、こいつをもっと褒めてやってくれ」

「強お前……どんな教育したらこんないい子に育つんだよ」

子供の言葉だからこそ価値がある。

たとえ打算まみれのセリフでも、見た目と声さえ子供なら付加価値が生まれる。

親父の同僚だし、あざといくらい媚を売って愛されキャラの地位を獲得しておこう。

続けて陰陽師達の後ろから三人の武士が歩いてくる。

先の反省会を行っているようで、最初に鬼の拳を往なした男性もいた。

「あれどうやったんだろう。速すぎて見えなかった」

「知りたいか」

俺の視線から呟きの意味を察したのだろう。いつの間にか隣にいた御剣様が、得意げな表情で問いかけてくる。

俺は全力で頷いた。

成人男性一人を吹っ飛ばすような一撃を往なしたとんでも技術、誰でも知りたくなるに決まってる。

「内気を習得しろ。そうすれば、儂らの世界が見えてくる」

内気がどんなものかすらわからないし、それができたら苦労はないです……よ……？

えっ、それってもしかして……。

いや、そんなまさか……。

いやいや、でもこの言い方は……。

俺は期待を込めて問い返す。

「教えてくれるのですか？」

「やる気があるのなら、教えてやる」

え！

ほ、本当に⁉

いやいや嘘でしょ、だって、内気の扱い方といったら、御家の商売道具、飯の種、秘伝そのものだ。

それを赤の他人に教えるなんて、常識的に考えてあり得ない。

……常識的に考えたらありえないのだが、どうも御剣様は本気らしい。

やる気はあるか？　どうなんだ、うん？　と言いたげな目をこちらに向けている。

そんなの、答えは一つしかない。

「教えてください！」

「いいだろう。明日から童の訓練に参加させてやる」

俺のやる気が伝わったのか、初めから教えるつもりだったのか。

なんかよくわからないけど、内気の訓練に参加させてもらえる。やったー！

内気には様々なメリットがあるが、そのうちの一つは俺が何としても手に入れたい力なのだ。妖怪と戦う上で、将来絶対に必要となる。

なんとしても習得しなければ！

御剣様は満足気に頷き、第二班の方へ向かった。

俺達のやり取りを傍で聞いていた陰陽師達が再び俺へ声を掛ける。

「おっ、御剣様に気に入られたな。それなら今日はお泊まりだな」

「俺の部屋に遊びに来るか？　ゲームあるぞ」

「そろそろ休憩は終わりだ。第二班の模擬戦が始まる。また後でな、聖君」

そう言って第一班の陰陽師達は離れていった。

あれ……てっきり夕飯をごちそうになった後は家に帰って、明日再びお邪魔するものだとばかり思っていたが、お泊まりコースなのか？

親父に聞いてみれば、当たり前のような態度で肯定された。

「聖なら、御剣様も認めてくださると思っていた」

親父曰く、体力測定で身体能力が高かったから期待はしていた。でも、訓練参加を認めてもらえるかは御剣様次第で不確定だった。

だから、予定を聞いたときも説明しなかったし、子供に変な期待をさせたくなかったと……。

まぁ、いいや。親父だっていつも泊まりなんだし、想定しておくべきだった。そもそも、内気の訓練に参加すると決めたのは俺だし。

むしろ、訓練時間を多くとれるのは望むところだ。未知の技術習得には時間がかかるに決まっている。そうなると移動時間すらもったいない。夏休みは有限なのだから。

「何日くらい泊まれるのかな」

「御剣様は普段『戦う意志があればいくらでも』とおっしゃっている」

いや、具体的な日数を知りたいんだけど。

他の陰陽師が驚いていなかったことと、親父の口ぶりから考えるに、俺以外にも御剣様のお眼鏡にかなった相手には内気を教えていると分かる。当然、親父達社員にも教えているに違いない。

社員育成と青田買いによる人材発掘の一環だろうか。

つまり、内気そのものはそれほど極秘ではないということ。

そして、これまで峡部家の指導内容に組み込まなかったということは――。

大猿の模擬戦闘を観戦しながら、俺は内気について思考を巡らせるのだった。

模擬戦闘の後は普通の訓練が始まった。

普通といっても陰陽術関連ではないというだけで、訓練場を走ったり、森の中を掻き分けながら行軍したり、筋トレしたり、かなりハードな内容が続く。

三十過ぎたおっさん達がこれほど動けるとは驚きだ。前世の俺なら脇腹を押さえながら途中でリタイアしていただろう。

「暇ならついて来るか。森の恐ろしさを知っておくがよい」

御剣様は俺が体力を持て余していると見抜いたのか、そう言って森の行軍に連れて行ってくれた。

話には聞いていたが、整備されていない森の中は本当に歩きづらかった。

最後尾を歩いていたからあれでも楽だったはず。

なるほど、毎年ニュースになるのに森で遭難する人が絶えないのも納得だ。

「俺達についてこれるなんて、聖君はすげぇなぁ」

「今も走ってる人ほどじゃありません」

哀れ、撤退訓練で御剣様に捕まった人達は、基礎訓練と称して追加で走らされていた。

精も根も霊力も尽き果てた陰陽師達が、俺らの目の前で限界に挑戦している。

あんな無茶して大丈夫なのかと周りの大人に聞いてみれば――。

「先生曰く、俺らは霊力があるせいで筋肉が鍛えにくいらしい。超回復って言うんだけど……小学生には難しいか」

わかる。

限界まで走っても霊力によってすぐに回復してしまう。

身体強化を使えずとも、霊力があるだけで活力が漲ってくるのだ。

筋肉を傷つけ、そこから回復することで増強する超回復のメカニズム的に、これは都合が悪い……のか？

そうでもない気がするが……。

「霊力も内気も観測できないからよくわからないって結論だったような」

「実際、万全な時と霊力切れの時じゃ筋肉痛のレベルが違うだろ」

「そうか？　俺の時は――」

子供の質問に正確に答えようとして、大人達が議論を始めた。

それを傍から聞くのはとても楽しい。

とある偉人は『愚者は経験に学び、賢者は歴史に学ぶ』と言った。

ずっと手探りだった陰陽師の知識について、こうして先達に教えてもらえる環境はとてもありがたい。

おっ、結論が出たようだ。

「すまん、やっぱりさっきのは忘れてくれ。一生懸命頑張る人は成長できるってだけの話だ」

うん、先達にもわからないことはあるよね。

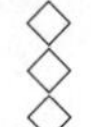

太陽が山に隠れる頃、訓練は終わりを告げた。

母屋へ帰還した男達は再び大浴場で汗を流し、夕食も御剣家の居間でご馳走になる。

ただお昼と違うのは、御剣家の現当主、御剣朝日様がいることだろう。

つい先ほど軽く挨拶した。

「君が強の息子か、よく来た。歓迎しよう」

「はじめまして。ご招待いただきありがとうございます。お世話になります」

「しっかりしているな」

「妻の教育の賜物です」

親父と気が合いそうな人だった。特に、苦労してそうな風貌がよく似ている。

御剣家当主とは是非とも仲良くなっておきたいところだが、朝日様は夕食後に急用ができてしまったらしく、俺は親父の隣で食べることになった。

今日は仕方ない。しばらくお世話になる予定だし、一度くらい会話をするチャンスがあるだろう。

それに、陰陽師の集まるこの席は情報収集にうってつけだった。

御剣家の女性陣が腕によりをかけて作った夕食はとても豪勢で、運動した後の体にピッタリな肉料理の数々に大人達は舌鼓を打っている。

しかも驚いたことに、瓶ビールまで振る舞われているではないか。結構高いやつ。

未成年の俺は美味しい食事を楽しみつつ、ゲストに興味津々な大人達へ問いかける。

「任務ではどんなことしてるの？」

これまで集めた情報から概要はわかっているが、しっかり聞いておきたい。

子供の問いに大人達が意気揚々と答える。

「基本的に政府や地域からの依頼になる」

「武士がいないと戦えないような強敵ばっかだ」

「うちは大物狩り専門だからな。他とは少し違う」

そこらへんに出現する妖怪は、御剣家の討伐対象とはならない。

もちろん妖怪が出たら倒すのだが、それは陰陽師や武士の役目であって、御剣家の運営する精鋭部隊の仕事ではない。

「陰陽庁の品川(しながわ)さんが依頼を持ってきて、それから会社で対象の情報を集めて、情報を元に俺達も道具を準備する」

「後は現地でお仕事ってパターンが多いか」

「まぁ、うちに回される依頼はほとんど固定だから。過去の記録を見れば支度(したく)もすぐ終わるし、慣れれば基礎訓練より楽だな」

「いやいや、あんな化け物相手にするのが楽なんて、俺は絶対言えないっすよ。先輩達は強いからそんなこと言えるのであって――」

陰陽庁の職員、か。

どんな仕事をしているのか、とても興味深い。

確か、陰陽師の家系に生まれた次男などが就職する場所だったはず。

他にも気になる言葉がそこかしこから聞こえてきた。

子供の俺が質問すれば、号令でもかけたように会話の流れが変わる。

「妖怪がどこに出るかわかるの？」

「強力な妖怪に関しては、占術で予言することができる」

「確実にってわけじゃないけどな」

陰陽庁に所属する占術班は、日本に出現する強力な妖怪を予言したり、早期発見するための組織である。日本で妖怪による大規模災害が起こっていないのは、彼らのおかげという話だ。

その占術班を構成するメンバーこそ、安倍家の者であり、日本において絶大な権力を持つ理由の一つとなっている。

おんみょーじチャンネルでそう言ってた。

妖怪の自然発生以外にも、陰陽師が活躍する場面はある。

「再封印の依頼なら好きなタイミングで戦えるぞ」

「他にも、数年おきの大祭は場所が確定しているからやりやすい」

「後は神様のお戯(たわむ)れっすね。あれに関しては理不尽じゃないっすか？」

「そんなこともないだろう。ちゃんと見返りはある」

「でも、本来戦う必要のない相手と――」

「大祭と同じように――」

自分達の得意分野というだけあって口が軽い軽い。

得意分野について聞かれると饒舌(じょうぜつ)になるのは万人共通の性質である。

酒精と場の雰囲気も後押しし、武勇伝という名の社内情報がたくさん聞こえてきた。

正直、会社のコンプライアンスがちょっとだけ心配になるが、俺にとって価値ある情報が得られるこの機会を利用しない手はない。

その後も親父達がどんな仕事をしているのか、いろいろ聞くことができた。

個人の陰陽師と部隊では活動内容がかなり異なるようだ。

強敵を倒す部隊は、どちらかというと花形的な立ち位置にあるらしい。

そんな有意義な時間もあっという間に過ぎ去り、御剣様の挨拶によって宴は締められた。

「強の息子は明日から童の訓練に参加させる。しばらく逗留するゆえ、情けない姿を見られぬよう訓練に励め。以上」

お世話になった幸子さん達へ感謝しつつ、一同は御剣家の母屋を後にする。

宿泊施設はビルのほうにあるらしい。

朝とは違い、暗い夜道をのんびり歩いて向かう。

濃密な一日だったせいか、この道を走ったのが数日前の出来事のように思えた。

疎らな街灯に照らされた山道は、ともすれば幽霊でも出てきそうな不気味さを放つ。

しかし、仕事終わりの解放感に浮かれる三十人の男の声によって、陰気な空気は吹き飛んでしまう。

「お疲れ様ー！」

「お疲れ様でした」

「お疲れ」

ビルに着いた一行は良い笑顔で挨拶を交わし、階段を上って二階にある宿泊フロアへ向かう。

この階層は全て社員が寝泊まりするための部屋となっており、皆自分に割り当てられた部屋へ消えていく。

「あぁ〜疲れた〜！」

「聖君も一日中外で見学して疲れただろう。明日の朝も早いし、すぐに寝た方がいい」

「また明日、話聞かせてやるからな」

俺によく声を掛けてくれた人達がそう言って廊下で別れていく。

彼らの子供は既に大きくなって反抗期に突入中なので、俺のように小さくて素直な子供が可愛くて仕方ないようだ。

とても為になる話をたくさん聞かせてくれるので、これからもサービスしていきたいと思う。

「お疲れ様です。息子がお世話になりました」

俺だけでなく、親父もまた、彼らとよく話していた。

無愛想な親父のことだから、てっきり一人行動ばかりしているかと思いきや、そんなことはなかった。

皆気軽に話しかけてくるし、親父も穏やかな雰囲気で交流している。

命運を共にする戦友同士、心を許せる間柄なのかもしれない。

そのなかでも特に親しいのが、白石さんだ。

「じゃ、また明日な。聖君もおやすみ」

口調とか雰囲気が籾さんに似ている。

親父はこういうタイプの人間と気が合うのだろう。

社員には一人一室与えられているようで、狭いながらもプライベートが守られている。

俺は親父の部屋で泊まることになった。

見学の時はそうするのが慣習らしい。

部屋の内装はビジネスホテルそっくりだった。

シングルベッドにテーブルとイス、壁掛けのテレビは思ったよりでかい。

入り口でスリッパに履き替えて中に入る。

誰かが用意してくれていた来客用の寝間着に腕を通していると、親父が不意に問いかけてくる。

「私は明日の夜から護衛の任につく。聖は朝、御剣様の家に……卵はどこにある。車か？」

親父が卵という時は、たいてい霊獣の卵を指す。

我が家の命運を握るほどの大金をかけた卵だからか、親父は卵の成長をかなり気にしており、帰ってくるたびに動きもしないそれをじっと観察したり、俺に霊力を与えたか聞いてきたりする。

じわじわサイズが大きくなっていくことと、霊力の要求量が多くなっていくこと以外、これといって変化はない。

いや、一度霊素を与えてからは重霊素とか他の精錬霊素を求めるようになったか。

口に出して要求するわけではなく、ペットが無言で見つめてくるような、そんな主張が伝わってくるのだ。

「泊まるなんて聞いてないから、持ってきてないよ」

「なに⁉」

驚くことじゃないだろう。

あんな大きな卵、持ち出そうと考える方がおかしい。

俺の返答を聞いた親父は脱ぎかけていた服を着直し、俺を連れて部屋の外へ出る。

向かった先はひとつ隣の白石さんの部屋だ。

「聖を見ていてもらえるか」

「こんな時間にどこ行くんだよ」

「家から卵を取ってくる」

「卵って……あぁ、あの卵か。わかった、面倒見てやるよ。必要なさそうだけどな」

こんな軽いやり取りの末、俺は白石さんの部屋に預けられることとなった。

白石さんの言う通り、部屋で待つくらい一人でできるのに。

変なところで心配性なんだから。

「お邪魔します」

「おう、お父さんが戻ってくるまでの間、ゆっくりしてけ」

部屋の内装は親父のところと全く同じで、これといって見るものもない。

白石さんに勧められるがまま、俺はベッドに乗っかった。

「まだ眠くなさそうだな。ゲームでもするか？」

そう言って掲げてみせたのはテレビゲームのコントローラーだった。

いくら健康優良児な俺といえども、この時間に寝るのは早すぎる。

ゲームを通して仲を深めるのも悪くない。

「はっはっは、このままゴールだ！」

「そうはいきませんよ」

狙い通り、有名なキャラクター達が危険走行を繰り返すゲームによって、年齢の壁を超えて盛り上がった。

「うおっ、ここでバナナ使うか」

「勝った」

「あとちょっとだったのに……くぅ。ずいぶん遊び慣れてるな。家にもゲームあるのか？」

「ないですよ。友達の家でやりました」

嘘である。

前世で遊んだことがあるだけだ。

我が家は俺が欲しがらないし、優也も今は外遊びの方が楽しいようで買っていない。

今の俺は、ゲーム機に高いお金を払うくらいなら、よりたくさんの墨を買ってきてほしいと思っている。

前世でもライトユーザーだったし、ソシャゲの無課金プレイですら満足できてしまうから、なおのこと必要ない。

この後もコースを変えてレースを続ける。

しかし、俺も白石さんもガチ勢ではなく、スタートダッシュさえできれば後はアイテム頼りなライト勢なので、ゲーム半分会話半分で楽しんでいた。

俺は重量級のキャラでNPCを場外に弾き飛ばしながら問いかける。

「お父さんが、明日から護衛って言ってました。何をするんですか？」

どうにも戦闘色が強すぎて忘れがちだが、親父の担当業務には護衛も入っている。

超人的な武士のことだ、何が相手でも護衛なんていらないだろう。

「ここは妖怪が発生しやすい曰く付きの土地でな。特に夜中は危ない。非力な子供や女性達を守るには、広範囲にわたって妖怪を感知できる陰陽師が必要なんだ」

「なんでそんな危ない場所に住んでるんですか？」

「御剣家の役割というか、家訓というか……あれだ、大昔の偉い人に任されたお仕事を今も頑張ってるんだ」

御剣家が創始された理由が、この山の守護だった、ということかな。

三桁レベルの歴史を持つ御家が、大昔に与えられた御役目を守るなんて、律儀だなぁ。

ご先祖様がずいぶん誇りに思っていたのだろう。

もしかしたら、勅命だったのかもしれない。

もう少し突っ込んで聞いてみれば、白石さんは快く護衛事情を話してくれた。峡部家の式神以外にも、さまざまな方法で妖怪を感知できる陰陽師がおり、シフト制で夜の護衛を受け持っているのだとか。

夜勤か……生活リズムが滅茶苦茶になるし、若いうちにしかできない仕事だ。

そのうえ、日勤でもあの過酷な訓練が待っている。

親父、かなり頑張ってるんだな。

年収高すぎだろ、とか考えてすまん。

その他にもいろいろ話し、ひとしきりゲームを楽しんだところで就寝時間がやってきた。

とはいえ、ここは白石さんの部屋。

もう少し待てば親父も戻ってくるだろうし、霊力を張らせて眠気を打ち消そう……なんて考えていた俺に、白石さんが提案する。

「今日は疲れたろ。そろそろ寝とけ」

「まだ大丈夫ですよ」

「良い子は寝る時間だ。お父さんが帰ってきたら隣の部屋に連れて行ってやるから、安心していいぞ」

さすがはパパさん、子供のことをよくわかってらっしゃる。

眠そうな素振りを見せなかったのに、見破られてしまったようだ。

「電気つけててもいいですよ。白石さんのやりたいことしててください」

さっき部屋に入った時、テーブルの上のスマホが目に入った。

一瞬見えた魅惑的なポーズの美少女キャラは、間違いなくソシャゲのホーム画面である。

きっとこれから、デイリーミッションをこなすつもりだったのだろう。

邪魔してしまって申し訳ない。

「本当、しっかりしてんな。子供が変な気を遣うんじゃない。電気消すからな」

親父が戻ってくるまでの間、一つしかないベッドを貸してくれるという。

俺は白石さんのご厚意に甘え、ベッドに寝転がった。

タオルケットをお腹に掛け、居心地のいいポジションを探ろうとしたところで、奴が邪魔してきた。

「またお前か」

胸ポケットから感じた異物の正体は「黒い勾玉」である。いつの間にかパジャマのポケットに入っていた。

投げ捨てても戻ってくるこの勾玉は、結局今日までずっと俺に付き纏っている。

最近習得した簡易お祓い(はら)を行っても効果はなかった。全く手応えがなかった辺り、呪いの類(たぐい)ではなさそうである。

そうなると、やっぱりあの時のドラなんとかは妖怪じゃなかったんじゃないか、という疑念が再び頭をもたげる。

さっき着替えたときにポケットから移し忘れていた。

ちょくちょくやってしまうのだが、こういう時——。

『私のことを忘れるなんて酷(ひど)いじゃない！』

——とでも言うかのように、勾玉がポケットへ戻ってくる。

そして、横になろうとした俺の体を不意打ちで抉(えぐ)ってくるのだ。

呪われてこそいないものの、とんでもないヤンデレアイテムと化していた。

「うん？　どうかしたか」

俺の声に気がついた白石さんがこちらをのぞき込む。

照明が消され、月明かりがわずかに差し込むばかりの部屋はとても暗く、真っ黒な勾玉は輪郭すら見えない。

白石さんに「なんでもありません」と返そうとした俺は、突然の大声に身を竦(すく)めた。

「聖君、そこを動くな！」

そんな警告と共に、俺を囲むように札が飛んできた。これは、簡易結界か。

「いいか……そっとこっちにくるんだ……」

ここに来て俺はある可能性に思い至った。

（すぐそばに……妖怪が……？）

俺が気づいていないだけで、強力な妖怪が今まさに発生したのかもしれない。

就寝前で鈍っていた思考が一気に回転し始める。

ついさっき聞いたじゃないか、この土地には妖怪がよく発生する、と。

白石さんの結界があるとはいえ、鬼のような攻撃が降り注げば俺は一瞬で死ぬだろう。

災害型なら瘴気（しょうき）に侵されて命を蝕（むしば）まれる。

早くこの場から脱したいが、ゆっくり移動しろという指示は守るべきだと理性が囁（ささや）く。

「待て！　もしかして、その石を手に持ってるのか？　早く投げ捨てろ！」

ん？　石って、この勾玉のことか？

ゆっくり立ち上がった俺は素早く周囲を見渡すも、部屋のどこにも妖怪の姿はない。

白石さんの視線は俺の右手、握りしめたままの勾玉へ向かっていた。

何か勘違（かんちが）いしているようだ。

俺はヘッドボードのスイッチを押して照明をつけ、明るくなった部屋で勾玉をよく見せてあげることにした。

「白石さん、よく見てください。これはただの勾玉ですよ。そんなに警戒する必要ありません」

無害さをアピールするために勾玉をポンポン手で弄ぶと、白石さんは半歩後ろに下がろうとしてテーブルにぶつかった。

捨てられないこと以外、これといって害はないのに。何を怯えているのやら。

「……その勾玉からはとんでもない力を感じる。俺が今まで見てきた中で断トツだ。うちの家宝よりやばい」

えっ、直接手に触れている俺は何も感じないのですが。

親父に黒い勾玉を見せたときも――

『呪いの類か？　だが、穢れも陰気も感じられん』

――とのこと。

結局何もわからず、現状維持となった。

ここ数年ポケットに突っ込んでいるが、特に異変はない。

その時、親父の同僚に勾玉を扱う陰陽師がいると聞いたので、いつか見てもらうことにしたんだっけ。

あぁ、そういえばさっきの夕食で、白石家は勾玉を用いた陰陽術の使い手と聞いた。

まさにこの人のことじゃないか。

勾玉に精通している彼にしかわからない、秘められた力があるのかもしれない。

「これ、持っていたらまずいですか？」

「……いや、悪いものとは限らない。ちょっと見せてもらえるか」

恐る恐る近づいてきた白石さんに勾玉を渡す。

勾玉が掌に乗った瞬間、白石さんの呼吸が荒くなった。

そんなにやばいの？

いよいよもって、この勾玉が何なのか気になってくる。

掌の勾玉を矯めつ眇めつじっくり観察する白石さん。

その顔はとても真剣で、室内に緊張感が漂う。

ようやく顔を上げた白石さんへ、俺は問いかけた。

「どうでしたか？」

「おい、この勾玉……一体どこで手に入れた？」

差し迫った声で問い返されてしまった。

よほど驚いたのだろう、俺の肩を摑む手には普通の子供なら顔を顰めるくらいの力が込められている。

身体強化している俺にはなんともないが、あまりに驚きすぎでは？

「これ、何なんですか？　なんか気がついたら持ってて、よくわからないんです」

「俺にもわかんねぇ。こんなの初めてだ」

わかんねぇのかよ。

じゃあ、さっきまで何をしていたんだ。

「とりあえず、穢れも陰気も呪いも感じられない。悪いものではなさそうだ。ただ、これだけの力を感じるのに、中に何が入っているのか全くわからない」

「中に入ってる？」

「勾玉ってのは基本的に器としての役割を持つ。他にもいろいろあるが、陰陽師にとって大切なのはこっちだ。力ある勾玉には何らかの源が込められているはずだが……」

何が入っているのかわからない、と。

「普通はどんなものが入るんですか？」

「戦闘で使う術を込めたり、陽気を込めたり、妖怪を封印したり、よ……まぁいろいろだ」

最後に何か言いかけたな。なんだろう、何を言おうとしたんだろう。

秘術とか、さっき言ってた家宝とかか？

仲良くなったら教えてくれないかな。

「この勾玉は見る奴が見れば、とんでもない価値があるとわかる。他の人には決して見せるなよ。聖君を殺してでも手に入れたいと思う人間が現れないとも限らない。強の奴にもしっかり言い含めないとな」

白石さんはそう言いながら、俺に勾玉を返してくれた。

一瞬白石さんに持ち逃げされる可能性も考えてました。ごめんなさい。

すごく心配してくれて、いい人だ。

「八尺瓊勾玉もこんな感じなのかね。とても人が作れるもんじゃねぇ。いやぁ、すげぇもん見たわ」

八尺瓊勾玉といえば、日本の三種の神器の一つ。

えっ、これそんな凄い代物なのか？

「いや、実物を見たことはねぇよ。厳重に保管されてるから、本物が人前に出ることはない。噂に聞いた限りじゃあ、この世のものとは思えない力を秘めてるらしい。生きてるうちに一度は見てみたいもんだな」

はぁ、結局黒い勾玉は謎に包まれたままか。むしろ謎が増えた気がする。

体はそれほど疲れてないが、今日一日で大量の新情報を得たせいで頭が疲れた。

この日は卵と俺の着替えを持ってきた親父に回収され、翌日に備えてすぐに寝た。

第七話　内気訓練

勾玉のことがわかったようで何もわからなかった翌朝、俺はジャージに着替え、親父と共に御剣家の道場へ向かった。

夜勤に備えて二度寝する親父と道場の入り口で別れ、中に入る。

「早起きできたか、結構」

するとそこには、大人達の訓練を監督しているはずの御剣様がいた。

聞いた話では、子供への指導は引退した武士のご老人が受け持っているとのことだったが……。

「あれ、爺ちゃんなんでここにいるの？」

「お主がサボるからだ」

俺の疑問を代わりに聞いてくれたのは、御剣家の次期当主、御剣縁侍君である。

少し遅れてやって来た彼は、俺と同じデザインのジャージを着て、木刀を肩に担ぎ、眠たそうな顔で立っていた。その姿が結構様になっているのは、長年訓練しているからこそだろう。

「ちょっとくらいいいじゃん、夏休みなんだからさぁ。それに、今日はちゃんと訓練するつもりだったし」

「お主にはそう言って抜け出した前科がある。そうでなくとも、今日は新入りが来ておる」

御剣様の視線につられて彼がこちらを見る。

顔は母親似なのか、御剣様よりだいぶシャープだ。

俺と同じく一重瞼で、ちょっと気だるそうな雰囲気に親近感が湧く。

「この子が昨日言ってたやつ？」

「そうだ。面倒を見てやれ」

俺が自己紹介をすると、彼は慣れた調子で返してくれる。

「俺は御剣　縁侍。よろしくな。ここにいる間は俺の後ろについてくればいいから」

膝に手をつき、目線を下げるように話しかけてくれた。

この後どうすれば良いかの指針もわかりやすく提示している。

とても自然にこれらをこなすあたり、子供の扱いに慣れているようだ。

「よろしくお願いします！」

「おぉ、元気いいな。疲れたらちゃんと言えよ。休憩するから」

「言っておくが、お主まで休む必要はない」

「…………」

わかりやすいくらい面倒くさがりな性格をしているようだ。

祖父と孫で随分違うなぁ。

御剣様なら『苦労は買ってでもしろ』と言うに違いない。

「「おはようございます！」」

「おはよう。全員揃ったな。いつも通り、体操からだ」

縁侍君の後ろから、年齢バラバラな七人の子供がやってきた。

そのうち女の子二人は見覚えがある。

食事の時に母親の手伝いをしていた、純恋(すみれ)ちゃんと百合華(ゆりか)ちゃんだ。

彼らは見慣れない人物(おれ)を気にしつつ、間隔(かんかく)を空けて整列した。

御剣様がスマホを取り出し、音楽を再生する。

流れてきたのは有名なラジオ体操だった。

武家にのみ受け継がれる秘伝の体操とかじゃないのか。

続けて柔軟を終え、いよいよ訓練開始となる。

「ランニング十周」

御剣様が端的にメニューを告げると、子供達は勢いよく外へ走っていく。

あれ？

靴履(くつは)いてないんじゃないか？

確認してみれば、道場へ上がる時脱いだ靴が、お行儀良く並んだままとなっている。

子供達は足袋を履いていたけれど、まさかそのまま外に？

「聖はまだ内気扱えないよな。靴下の上にこれ履いて走れ。石踏んだら痛いけど、それも訓練のうちだから」

縁侍君は下駄箱の中から草臥れた足袋を取り出し、俺に渡しながらそう説明する。

訓練と言われたら従うしかない。

どういう目的があるのかわからないが、とりあえず足袋を履き、外で待ってくれている縁侍君の背を追いかけた。

「足痛くない？」

「大丈夫です」

気遣いありがとうね。

足袋のおかげで切創こそ防げるものの、柔らかい足裏が石に抉られる痛みは、子供にとって本来耐え難いものである。

でも俺の場合、身体強化してるのでなんともありません。

石を踏んづけても一切傷つかない、強靭な皮膚となっております。

「普通もっと痛がるんだけどな。痛くなったり疲れたら休んでいいから」

縁侍君は優しいなぁ。

まだ中学生なのに、年下の面倒をよく見てくれている。

俺や子供達に合わせて走ってくれてるし。

「あれ、まだついてきてる」

「ほんとだ」

まだ名前も知らない同門の先輩方が、こちらを見てそんなことを言う。

日々訓練を続けている彼らならいざ知らず、普通の子供なら足の痛みに耐えかねて遅れるのだろう。

驚かれるのも納得だ。

「えんじ兄ちゃん、怒られるよ！」

「速く走らないとダメだよ」

さっきの反応は俺じゃなくて縁侍君に対するものだったようだ。

中学二年生が俺達小学校低学年に合わせて走っていては訓練にならない。

実際、小学校高学年くらいの三人はずっと先を進んでいる。

大人達の訓練では全力を出して体を鍛えていたし、子供の訓練でも似たようなものだろう。

「俺はいいんだよ、もう内気練れるし。無駄に疲れる必要ないの」

内気を練る？

霊力の精錬に似た技術かな。

俺は走りながら推測し、一人で納得していた。

だが、縁侍君の反論は子供達には通用しないようで……。

「だーめなんだ、だめなんだ～、せ～んせーに言ってやろー」

「兄ちゃんおそ～い」

「お母さんに怒られちゃう……」

走りながら縁侍君を囃し立てる子供達。

その体力の多さには驚かされるが、それよりも縁侍君が子供達に慕われている事実に関心を抱く。

年齢も体格もかなり違うのに、壁を感じさせない彼らの関係性。やはり縁侍君には、人に慕われる才能があるのだろう。

御剣様がカリスマで人を引っ張っていくタイプならば、縁侍君は仲間と共に歩みながら道を切り拓いていくタイプに見える。晴空君同様、次代のトップとして人の上に立つ器を持っているようだ。

縁侍君もまた、仲良くなっておきたいお相手である。

賑やかなランニングは予想以上に早く終わった。

ランニングコースが短かったわけではない。むしろ広い敷地の外周は小学生にとって長すぎるくらいである。

単純な話、身体強化というチート技術を習得した俺は驕っていたようで、子供達は俺と同じくらい足が速かった、というだけの話だ。

小学校高学年くらいに見える三人ならいざ知らず、同じ背丈の少年少女が俺と同じだけ走れる理由なんて、一つしかない――内気だ。

ますますこの技術の重要性が明らかとなった。

ランニング十周を終えた俺達は縁侍君を先頭に道場へ戻る。

「次は瞑想だ。そこで座禅を組んで精神統一する」

おぉ、なんか修行っぽい。

瞑想というワードにちょっと感動したが、同時に一つの疑問が浮かぶ。

肝心の修行内容がわからない。

「精神統一とは、具体的に何をすればいいんですか？」

何かといろいろな場面で聞きこそすれど、その実態はわからない。

目を瞑って何を考えればいいのか、何を意識すればいいのか。

寝ないように気をつければいいのか？

「縁侍の真似をしろ。……納得しとらん顔だな。目を閉じ、己の内に意識を向けろ。傷ついた肉体を内気が満たす。それを感じ取れ。加えて、外界から意識して気を取り込めれば見習い卒業だ。以上」

あぁ、靴を履かずに走ったのはそのためか。

傷ついた足や疲労した筋肉に内気とやらが集まって、それを感じ取ると……。

うん、身体強化が仇になるとか誰が予想できる。

俺はとりあえず指示に従い、縁侍君の隣で座禅を組んだ。

「「…………」」

さっきまであんなに賑やかだった子供達は、いつの間にか真面目な表情で瞑想に取り組んでいる。

小学生でもできるのだ、俺も負けてはいられない。

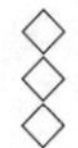

どれくらい時間が経(た)っただろうか。

目を瞑って大人しくしているのは得意だ。

もともとインドア派だし、伊達(だて)に病院のベッドで過ごしていない。

だが、本来の目的である内気とやらを全く感じ取れず、俺は悶々(もんもん)としていた。

傷ついた肉体に満ちるとか言っていたが、俺の体に満ちているのは霊力だけである。

それ以外の不思議パワーなど一切感じ取れない。

えー、やっぱり足の裏を傷つけないとダメ？

大切な体に傷をつけたくないんですが。

目を瞑って感覚を研ぎ澄ませるだけでわかるなら、幼児期の暇な時間でとっくに気付いていると思うし……。

「……そこまで。純恋、いま少しだけ感じ取れたな？」

「そうだ、外気を取り込み、内気としたことで力が増す最初の感覚だ。よくやった」

そう言って純恋ちゃんの頭を撫でる御剣様は豪快な笑みを浮かべていた。

孫の成長がよほど嬉しいのだろう。

祖父に褒められて純恋ちゃんも嬉しそうだ。

ひとしきり祖父と孫の交流を堪能した御剣様がこちらを振り向く。

「お主は全く感じ取れなかったようだな」

「あの、外気とか内気とかって、結局何なんですか？」

陰陽師の霊力に該当する、武士が使っている不思議パワーとしか知らない。

いきなり訓練が始まってしまったが、俺としては基礎的な説明から始めて欲しかった。

「まだ幼いというのに頭でっかちな奴だ。童は理を説くよりも、体感する方が理解は早いのだが……。外気とは世界に満ちるエネルギー、内気はそれらを取り込み己が力としたもの。儂らは総じて〝気〟と呼ぶ」

陰陽師の霊力が体内で生成されるのに対し、武士の内気は空気中から供給されているのか？

体内生成のメカニズムが謎な霊力よりも、内気の方が出所がわかっているだけわかりやすいかもしれない。

それにしては、空気中にそんなものがあるなんて、生まれてこのかた感じたことはないのだが。

「内気は生きとし生けるもの全てに備わっておる。だが、生まれながらに感じ取れる者はほんの一握りのみ。自在に扱える者はさらに限られる」

　生きとし生けるもの全て……つまり、前世の俺も、今世の俺も、ずっと内気を保有している、ということになる。

　俺が霊力を感じられたのは、前世で全く経験したことのない感覚に気付いたから。

　血潮の流れを正確に感じ取る人がいないように、生まれた時から内気のある人生を過ごしてきたせいで、内気に違和感を覚えないし感じ取れない、ということか？

「人は無意識のうちに多少なり内気を使っておる。儂ら武士はそれを意のままに操り、戦いの術として活用する。無意識から意識的に、その壁を超えるための訓練だ。わかったらさっそく次の訓練を行う。立て！」

　新情報について思考する時間はくれないらしい。

　御剣様の指示に従って俺達は一斉に立ち上がり、次の訓練へ向かう。

　今度はちゃんと靴を履いて外へ出ると、御剣様を先頭に訓練場へと続く道の一つ隣の道へ進んだ。

　しばらく上り坂を駆けあがると木々が疎（まば）らとなり、やがて大きな岩の転がる開けた場所へとたどり着いた。

「始め！」

何を？

「ここは俺よりも百合華の真似をした方が良い。わかるか、あの女の子だ。岩と岩の間を跳ぶんだ。落ちないように気をつけろよ」

縁侍君が説明してくれたように、子供達は我先にと手頃な岩に飛び乗っていく。

パルクールさながらに距離の離れた岩の間を駆け抜ける様は、俺から見てもかっこいい。

普通の子供なら届かない距離でもひょいひょい跳ぶあたり、内気ありきな訓練に思える。

予想するに、落ちる恐怖を利用して内気を無理やり引き出し、内気の感覚を摑むための訓練だろう。

「やっぱりお前かなり動けるな。それでも俺の後をついてこれるとは思わなかったけど。この距離だと百合華でも跳べないぞ」

かなり頑張っていますので。

身体強化を利用している俺は、多分内気を感じ取りづらいのだと思う。

それこそ、子供達に跳べる距離なんて俺にとっては怖くもなんともない。

内気を引き出すためには、身体強化でもギリギリの距離を跳ばなくては。

小学生の脚力で中学生の縁侍君についていくのはかなりきつい。一歩間違えれば岩に全身を強打することになる。でもだからこそ、この訓練の目的に沿うのではないだろうか。

先ほど御剣様は、生まれながらに内気を感じ取れる者はほんの一握りと言っていた。

転生してすぐに霊力を感じ取れたことがラッキーだった、というだけのこと。

内気が既に体内にあると確証が得られた今、俺がすべきことは自分に合った訓練方法の模索だ。

「頑張ります！」

「あんま無理するなよ」

熱血は好きじゃないし、俺の柄じゃない。

でも、強くなれるかもしれないという男のロマンには魅力を感じる。

最強の陰陽師を目指すための努力と思えば、いくらでも続けられそうだ。

と――意気込んだは良いものの、この訓練では内気を微塵も感じ取れなかった。

「次！」

丸太への正拳突き。

「拳に意識を向けろ。ただ殴るだけでは拳を傷めるぞ。内気を満たし、打ち付ける瞬間に爆発させろ！」

オッス！　師匠！

俺の拳が岩より硬いせいで全然訓練になりません！

遠方の的に投石。

「目に意識を向けろ。目を凝らして内気を集めよ。遠くを見通し、視野を広げ、やがては刹那を見切る目を手に入れろ！」

いくら目を凝らしても枝にぶら下がっているという小さい的が見えない。的はどこですか？

えっ、いま純恋ちゃん当てたの⁉　すごっ。

縁侍君も軽く当ててるし、俺だって……………時間いっぱいかけて無理でした。

坂道全力ダッシュ。

「全ての基礎は足腰にある。妖怪の間合いに飛び込む時、攻撃を避ける時、撤退する時、全てにおいて重要となる！」

疲れ切ったところで内気を体感する訓練なのだろうが、あいにく俺の霊力が尽きることはない。疲れた端から回復してしまう。

なので、他の子達を追い抜いて己の限界に挑戦してみたが、内気の〝な〟の字も感じとれなかった。地面に寝転がった俺を癒してくれたのは、霊力である。ちくしょうありがとう。

そしてついに、本日最後の訓練が終わった。

「何か感じられたか？」

「いえ、全く」

俺は小さい滝の下から抜け出しつつ答える。

最後にクールダウンを兼ねて滝に連れてこられた。

太陽は既に沈んでおり、夏といえど体温を奪われ続けた体は震え始めている。

クールダウンとは何だったのか、早く体を動かして温まりたい。

「であろうな。外気が揺らぐ気配もなかったわ」

今日一日色々試して、結局成果は得られなかった。

体内にあるという内気の手掛かりさえ感じられない有り様だ。

「ふむ、今日はここまでだな。それにしても、どれもピンとこないか。やはり才能は乏しいようだ」

ん？　やはりってなんだ、やはりって。

「陰陽師は総じて内気を扱う才能に乏しいのだ。歴史を紐解いても我が家で内気を扱えた者は十人いたかどうか。霊力が悪さをするのか、単に才能がないのかは謎だが、内気を感知する段階で大きな壁にぶつかる。我が家で働く陰陽師は全員内気の訓練を行っているが、儂が生きている間に習得できた者はいない」

何その絶望的な情報、これについては知りたくなかった。

ここまで指導してくれた御剣様には感謝しているが、「まぁ、こうなるだろうな」って顔をされるのは悔しい。

結構頑張ったつもりですが？

「縁侍はしばらく見ない間に成長しとったな。その調子で頑張れ」

「そりゃ毎日やってれば成長もするって。そんなことより早く家に帰ってゲームしたい」

「純恋は今日覚えた感覚を忘れるな。外気を意識的に集められるようになれば大きく成長するぞ」

「うん！　そしたらもっと褒めてくれる？」

「当たり前だ。そして、百合華はあまり焦るな。双子といえど才能や切っ掛けは異なるものよ。お主はお主のペースで成長すればよい」

「うん。気にしてないよ」

「次にお主は――」

御剣様は一人一人に訓練のアドバイスを授けていった。

その内容に耳を傾けてみれば、みんな既に内気を感じる段階を超えており、外気を集めたり、操ったりする訓練に入っているようだ。

俺が年単位で霊力を鍛えたように、彼らもまた努力の末にこの身体能力を手に入れたのだろう。

アドバイスを聞く傍ら行衣を脱ぎ、御剣様が用意してくれたタオルで体を拭いてジャージを着直した。

皆の準備が整ったところで、駆け足で進む御剣様の背中を追いかけ、山を登っていく。

この後は母屋へ戻り、夕食を頂くことになる。

はぁ、内気習得には時間がかかりそうだ。下手したらその時間も無駄になるかもしれない。

でも、諦めるには魅力的すぎる力なんだよなぁ。

……内気とはどんなものなのだろうか。

どんな感触で、どんな動きをするものなのか。

霊力だって最初は──。

走りながら物思いにふけっていた俺は、反射的に札を飛ばしていた。

背筋に走った寒気は滝によるものではない。

いざという時のため、懐に忍ばせていた簡易結界の札を無意識に起動する。

メリリッ
「手加減したとはいえ、これを止めるか。流石の儂も驚いたわ」

俺の目の前で止まっているのは、御剣様の木刀だった。

片手で振り下ろされたそれが簡易結界を大きく歪ませている。

もう少し力を込められたら破壊されていたかもしれない。

「次はもう少し本気を出すとしよう」

そんな気の抜けたセリフが頭に浸透し、俺はようやく周囲が見えるようになってきた。

子供達もいきなり御剣様が斬りかかったことに驚き、俺の方を茫然と見ている。

縁侍君はなぜかちょっとバツの悪い顔を浮かべている。

いや、そんなことよりも聞くべきことがあった。

「ちょっ！　何をするんですか⁉」

「訓練の一環だ。そして、お主にはこの訓練が一番向いておるようだ」

今のが訓練？

木刀で不意打ちされるのが？

「今日の訓練、お主には常に余裕があった。内気を感じるのにそれはよろしくないと思っておったが、まさにその通りであったとは。焦った瞬間、お主の周りの外気がほんの僅かに揺れた。最後の最後に己に合う訓練法が見つかってよかったなぁ。はっはっは！」

未だに心臓がバクバクいっている。

確かに、今の俺に余裕はない。

内気も命の危機を感じ、慌てて仕事をしてくれたのかもしれない。まぁ、内気を感じ取る余裕も全くなかったんですけどね。

「だが、この訓練は誰にでもできるものではない。儂と朝日、あとは大勝くらいか。悪いが明日からは儂も忙しい。しばらくは縁侍達と一緒に訓練するように。以上」

既に日の暮れた坂道を再び走り出す一行。

しばし彼らの背中を眺めていた俺は、慌てて札を回収し、後を追う。

こんなところで迷子になっては堪らない。

俺に向いている訓練方法が見つかったのは嬉しいが、正直、心臓に悪すぎる。

釈然(しゃくぜん)としない気持ちを抱えたまま、俺は御剣家にお邪魔するのだった。

出遅れた俺は腹をすかせた子供達に置いて行かれてしまった。

玄関へ着くころには、俺の傍(そば)には縁侍君しかいなかった。

大人達と一緒に食事をした大広間へ向かおうとして、縁侍君に呼び止められる。そういえば、子供や女性陣は別の場所で食事を取っていたんだっけ。

「そっちじゃない、こっち」

大広間の入り口を横切り、さらに奥へ進んだところに台所があった。

大人数の腹を満たすための調理場は、台所というより厨房(ちゅうぼう)と呼ぶべき設備である。

絶賛稼働中の大型調理機器はどれも最新型で、美味(おい)しそうな匂いがこちらまで漂ってくる。

オーブンからトレイを取り出している女性はたしか、御剣家当主の妻、蓮華(れんげ)さんだったっけ。

線の細い女性だが、重そうなトレイを軽々持ち上げる辺り内気の使い手なのかもしれない。俺が厨房の入り口から覗(のぞ)いている間に、彼女はローストチキンを大皿に手際よく盛り付けていく。

「お母さん、お手伝いするね！」

「ありがと。これを持って行ってくれる？」

「はーい！」

俺の横をすり抜けて蓮華さんに近づき、お手伝いを申し出たのは娘の純恋ちゃんだ。

子供に持たせるには重そうなお皿だが、こちらもひょいと持ち上げてしまう。

料理を崩さないように慎重に運ぶ姿は年相応（としそうおう）にも見え、何とも不思議な光景だ。

俺もお手伝いして好感度を稼ごうかと思ったが、厨房の向かいの部屋から手招きする縁侍君を無視するわけにもいかず、今回は諦めることにした。

子供達の食事場所は大広間の小型版で、大きなテーブルを囲んでの賑やかな食事であった。

特に低学年組の高い声が食卓に活気を与える。

「いただき！」

「あっ、それ僕のなのに！」

「里芋（さといも）おいしいね」

「わたしはポテトの方が好き」

皆がそれぞれ好きな料理に箸を伸ばし、午後の訓練ですっからかんになった腹を満たしていく。

ただ、お行儀の悪い食べ方は決してしてしない。

蓮華さんと幸子さんが目を光らせているというわけでもないのに、年少組も綺麗に食べている。

周囲を観察していると、俺の隣に座っている純恋ちゃんがこちらを覗き込んで聞いてきた。

「ひじり君は里芋好き？」

「うん、好きだよ。トロトロで美味しいよね。純恋ちゃんも好き？」

「うん、好き！」

食事の前になってようやく彼女らへ自己紹介することができた。

なんやかんや全員訓練に集中していて、交流する暇がなかったのだ。

注意力散漫な同級生達と比べ、彼らは大人びている気がする。前世のクラスメイトにも武道を習っている子がいたが、周りよりも精神的に成熟していた。

朝の挨拶もしっかりしていたし、これも指導の賜物か。

自己紹介によって、訓練仲間の学年がわかった。

純恋ちゃんと百合華ちゃんは双子で、来年から小学生。

小学二年生の男子二人、小学五年生の女子一人、小学六年生の男女。

計七名が今のレギュラーメンバーらしい。

ここに俺のようなゲストがたまに加わり、メンバーに適した訓練を行うのだとか。

そして、自己紹介を聞いてもう一つ気付いたことがある。

「みんな苗字同じなんですね」

この場にいる人間は俺を除いて全員〝御剣〟を名乗っていた。

全員蓮華さんの子供……なんてはずもない。

俺の質問に答えてくれたのは御剣様の妻、幸子さんだった。

「この辺りに住むのは御剣家の関係者だけだから。知ってるかしら、大昔の平民には苗字がなかったのよ。武士階級だった貴方達のご先祖様は昔から〝御剣〟と名乗っていたのだけど、ここに移り住んでしばらくしたら村の人全員親戚になってて、明治時代に苗字が広まったとき、全員〝御剣〟を名乗り始めたの」

俺への回答というより、中学二年生の縁侍君辺りに教えようとしている説明だった。

車に乗ってここへ来る途中、麓の辺りに田んぼに囲まれた小規模な住宅街があった。おそらく、あの辺りが昔あった農村の名残で、村民と御剣家の血が混ぜ混ぜされたのだろう。

同じ苗字を名乗り始めたのも、血縁関係と共に、自分達を守ってくれる武家に対し憧れがあったのかもしれない。

何とも想像が捗る。

御剣家とこの土地の歴史を知ったところで、空腹を満たした低学年組が俺に興味を示す。

「なぁ、ひじりってどっから来たの？」

　地名を言ってもわからないだろうし、かみ砕いて説明するか。

「そうだなぁ、都市部の住宅街。車で一時間くらいかな」

「じゃあモールとか家の近くにあるのか⁉」

「あるよ。街中に出れば、遊ぶところならたくさん」

　男の子二人は揃って「「いいなぁ」」と羨ましそうに言う。

　スマホで確認したが、この辺にはスーパーとか生活必需品を扱う個人経営の店しかないもんね。

　武士の関係者しか住んでいない過疎地には、子供が楽しめるような娯楽施設までは揃っていなかった。

「休みの日に遊びに行ったりしてんの？」

「ううん。休みの日は陰陽師になるための勉強してるよ。たまに幼馴染と遊んだりするけど、家から出ることは少ないかな」

「えぇ、もったいない！」

「僕ならまいにち遊びに行くのに」

　残念ながら現実は甘くない。君達のお小遣いでは一日と持たないだろう。

　それよりも、大人になってから自分で稼いだお金で豪遊する方が楽しいぞ。

　この二人は年齢相応にやんちゃな男の子だ。

小学校低学年なら、本来これくらい元気いっぱいなのだろう。

前世の記憶がある俺には真似できない、心の若さを感じる。

さて、ここまであまり会話のなかった高学年組にも話を振ってみよう。

「お兄さんとお姉さんは内気使えるんですか？」

「それはとっくの昔に。俺は最近外気を取り込めるようになったところ。二人はまだ練習中」

「絶対すぐ追いつくから」

「頑張ってるんだけど……ね」

六年生の女の子は男の子に張り合い、五年生の女の子は気弱な感じだ。

後者は武士の適性が低そうに思える。妖怪と戦えるのだろうか。

「どうやって内気を感じ取れるようになったんですか？」

「俺は打ち込み稽古で」

「私は岩跳び」

「えっと……瞑想だったかな」

人によって適性のある訓練が違うというのは本当のようだ。

じゃあ次は。

「毎日訓練してるんですか？」

「夏休みの間はほぼ毎日だな。学校のある日は無理だから、土日だけ」

「家でも自主練してるよ」

「私達はね。こいつは友達と遊ぶので忙しいみたいだけど」

なるほど、自主練か。怪我をするような訓練は別として、瞑想するだけなら毎日ここへ来る必要もない。

俺も家に帰ったら自主練しよう。

「いや、自主練はお前達が勝手にやってるだけだろ」

「自主練もしてないこいつに負けてるのがムカつく」

「それは酷くね？」

「まぁまぁ……落ち着いて……ね？」

高学年は高学年で仲がいい様子。低学年組よりも会話が通じやすくて助かる。

ただ、内輪のノリについていけないのが玉に瑕だな。

現状俺は余所者だから、仕方ないのかもしれないけど。

コミュ力低めな俺は潔く退散し、また視線を動かす。

四つ隣の席で御剣家当主の妻、蓮華さんが娘に料理を勧めていた。

「百合華、これ美味しいわよ。一口食べてみて」

「えぇ～やだ～」

百合華ちゃんのお皿を見るに、和風より洋風な料理が好きなようだ。

俺から見れば美味しそうなきんぴらごぼうも、彼女の好みには合わなかったらしい。

どうしても大人目線になってしまう俺は、蓮華さんに同情してしまう。

百合華ちゃん、バランスよく食べて健康に育つんだよ。

それを見ていた純恋ちゃんが、里芋の煮っ転がしへ狙いを定める。

お箸を巧みに操り、摑んだ里芋を自分のお皿……ではなく、隣に座る俺の小皿へよそった。

「はい、これあげる。食べてみて！」

「ありがとう。いただきます」

別に分けてもらう必要はないのだが、可愛らしい少女の厚意を無下にすることもない。

加奈ちゃんと同じで、お母さんの真似をしたがる時期のようだ。

「お兄ちゃんも、はい」

「自分で取るからいいって」

あぁ、そんな冷たい態度を取ったら将来嫌われちゃうぞ。

面倒見の良い縁侍君も、思春期真っ盛りの中学二年生。家族からの干渉を嫌がるお年頃だから、仕方ないのかもしれない。

「どうしたの、縁侍。なんだかご機嫌斜めね」

幸子さんが気づかわし気に尋ねると、縁侍君がぶっきらぼうに返した。

「別に……。それにしても、爺ちゃんの木刀を止めるとか、お前の結界凄いな」

「あれは咄嗟に体が動いただけです。強いてあげるなら、お父さんの指導の賜物でしょうか。手加減したとも言ってましたよ」

「いや、爺ちゃんの木刀を止められる子供がいるとは思わなかった。俺だって……」

ん？

なんだろうその顔は。

「何かあったの？」

再び幸子さんに聞かれた縁侍君は、渋りながらも先ほどの出来事を説明した。

「爺ちゃん、俺が止められるかも試したんだよ。全然反応できなかったから……俺の負け」

「訓練をサボらないようにって釘（くぎ）を刺されちゃったわね」

なるほど。

だからあの時、バツの悪そうな顔をしていたのか。

不意打ちにそんな意味もあるなんて、御剣家の家族交流の形が武闘派過ぎて予想だにしなかった。

「「ごちそうさまでした」」

大人組に続いて子供組の雰囲気がわかったところで、今日の夕食は終了。

後は親父の部屋に帰るだけ。

「みんなはこの後どうするの？　お泊まり？」

「お父さんと一緒に帰る！」

りていたのだろう。

「俺達は麓の村で暮らしてるんだ」

「俺も!」

朝は出勤する父親と一緒に来ているそうな。

思い返してみると、武士達の姿をビルで見ていない。家に帰るため、そのまま山を下りていたのだろう。

大人達の就業時間は俺達より少し遅かった。今頃、大部屋で宴会を開いているはず。

帰るまでにはまだ時間があるな。

「兄ちゃん兄ちゃん、早く行こう!」

「今日はマリオネットパーティーしよ!」

「いいぞ」

幸子さんと蓮華さんに後片付けを任せ、子供達は縁侍君の部屋へ向かう。

ゲームのために訓練をサボるだけあって、彼の部屋には結構な数のゲームが並んでいた。

コントローラーを交代で使い、様々なミニゲームに挑む。

「あぁ~! それ狙ってたのに!」

「僕たちのキノコが~」

「早い者勝ちだ」

「あっ、勝っちゃった……」

「すごいじゃん。次俺ね」

「縁侍さん、そこにアイテムありますよ！」

「お兄ちゃん、次は私？」

「わたしは後でいい」

わいわいガヤガヤ。

もはや誰が何を話しているのかわからない。

トイレに行こうと立ち上がった俺はそんな光景を改めて見渡してみる。

大勢集まって一つのゲームで盛り上がるのも……うん、悪くないな。

大人達の宴会が終わるまで、子供達のパーティーは続くのだった。

第八話　霊獣マニア

滞在七日目ともなれば場の空気に馴染んでくる。

豪勢なスタミナ料理の並ぶ食卓を囲み、仕事終わりの食事を楽しんでいる大人達。

俺もその輪に加わって、美味しいハンバーグに舌鼓を打っている。

「おっ、聖君今日はお父さんと一緒に食べるのか」

「はい」

今日、俺は大人達の食卓へお邪魔することにした。

『お父さんと一緒に食べたいです』

と言ったらすんなり通った。

子供の体万歳。

幅広くコネを作りたいという、強欲な俺の望みを叶える欲張りプランとなっております。

マンネリな日常に彩りを加えるゲストの存在を、大人達が放っておくはずもなく、俺は今日も色々な話を聞くことができた。

その途中で、親父と親しい丸顔の陰陽師が俺に問いかける。

「なぁなぁ聖君、卵は大きくなったか？　模様がついたって本当か？」

「あっ、それ俺も気になってた。よく思い出したな」

「ほらあれだろ、ドッグショーじゃなくて」

「そう！　ちょうどこの間、霊獣品評会があったからさ」

霊獣品評会⁉

そんなものがあるのか。

そう思ったのは俺だけではなかったらしく、近くに座る他の陰陽師達も耳を傾け始めた。

「品評会なんてやってるのか？」

「知らないのか。今年は安部の黒狼が参加したって話題になってたぞ」

「うわ、見てみたかったな」

俺も見てみたかった。

霊獣がずらりと並ぶ光景はもちろん、黒狼だけでもお目に掛かりたかった。

黒狼といえば霊獣ガチャの大当たりとして親父が名前を挙げていたやつだ。

卵の将来像として、大きな黒い狼に騎乗して戦う姿は何度も想像したことがある。

すると今度は、途中から卵の話題を聞きつけた声の大きい陰陽師が参加してきた。

「なんだなんだ、あの時の卵持ってきてるのか？」

「なら俺も見たいな」

「俺も！」

いつしか宴に参加する全員がこちらに注目し始めていた。この流れを止めることはできそうにない。

「お父さん、見せてもいいよね」

「あぁ、構わない」

即答だった。

そうそう壊れるものでもないし、戦友に頼まれたら見せるくらい吝かではない、ということか。

「「「ごちそうさまでした！」」」

今夜の食事タイムも有意義な時間となった。

夜勤の親父はこれから仕事なのでここでお別れ。子守りを頼まれた白石さんを筆頭に、子供好きな人達がビルまで連れて行ってくれた。

さてさて、ご期待に応えないとな。

一足先に階段を上った俺は、親父の部屋から卵を持ち出した。

お母様謹製の巨大ナップザックを背負い、エレベーターを利用して一階へ戻る。

ゆっくりと開く扉の先で、感嘆の声が上がる。

「おぉ、あの時の卵がこんなに大きく」

待ちきれなかったのか、エレベーター前で霊獣好きの陰陽師が待ち構えていた。

彼はちょっと先のエントランスに移動するまで俺の後ろに張り付き、布越しの卵の大きさに感心しっぱなしだった。

「あの、直接見せますから。はい、どうぞ」

「「「おぉ！」」」

エントランスの待合席に腰を下ろした俺は、みんなの視線が集まる中、ローテーブルの上で卵を取り出した。

その反応は顕著（けんちょ）で、皆一様に目を見開いている。

「本当に模様が出てる」

「しっかり色がついてるな。普通こんなもんなのか？」

「いや、早すぎる。出るにしてももっと後だし、こんなに色が濃くはならない。ここのところグラデーションになってるな。それほどたくさん見たわけじゃないから比較は難しいが、模様も普通とは違うはずだ。おぉ、おぉぉぉぉ」

やはり一番興奮していたのは霊獣好きの陰陽師だった。

親父の反応から成長が早いことは知っていたが、そうか、いろいろ普通とは違うのか。

それはいいぞ。

普通の霊獣じゃあ最強の陰陽師に相応（ふさわ）しくない。俺に欠けている威厳（いげん）とか風格を補うような、特別な霊獣が欲しいと思っていた。

「あの、触ります？」

「いいのかい⁉」

そんなに目を輝かせて指までワキワキさせていたら何をしたいかくらいわかる。

別に触るくらいなら問題ないですよ。

みんなローテーブルを囲み、興味深そうに卵を撫でていく。市販の卵と同じように滑らかそうな外見にざらついた感触、淡い茶色の複雑な模様は、いつしかはっきりとした茶色の閉曲面へ変わっていた。いったいどんな原理で模様が変わるのやら、霊獣の卵には謎が多い。

それでも模様ならウズラの卵にだってある。もっと理解できないのはサイズが変わることか。殻が大きくなるのはどういう仕組みなんだ。

謎といえばもう一つ疑問がある。

「そういえば、なんで皆僕の卵を知ってるんですか？」

「そりゃあ、君のお父さんが任務中に見つけたからだよ。おかげで全員臨時ボーナスだ」

「御剣様が強に売ったって話も聞いてたし、買った本人も強いのが生まれそうってたまに自慢してるし」

親父、職場で自慢してたのかよ。

道理でちょくちょく観察するわけだ。仏頂面の下では、観察日記をつける子供のよ

うにワクワクしていたのだろう。

「霊獣の卵を買ったらそりゃあ自慢するだろ。人生の中でも有数の大きな買い物だし」

なるほど確かに、車好きが超高級車を買ったら自慢したくもなるか。いや、十億円の車を買ったら車好きでなくとも自慢するだろう。

陰陽師の場合、車が卵に代わるだけのことである。

「しかもまだ五年程度だろ？　これからさらに成長するからなぁ。俺の知る限りこんなに大きいのは初めてだ」

「大きいと強いんですか？」

「強い」

「強いな」

大金を払ってなお、弱い霊獣が生まれることもある。

その賭けに勝ったとしたら、ギャンブラーでなくとも狂喜乱舞するだろう。

むしろ親父は落ち着いている方だったのか。

「鬼を見ただろ？　体が大きいってだけで脅威なんだ。上に向かってパンチするのと、下に向かってパンチするんじゃ腰の入りが違う。それに、大きい霊獣はなんとも言えない美しさを持っててな～」

だんだん話が逸れはじめた。

美しいと言われてもよくわからないのですが……。

現代陰陽師は転生リードで無双する 参

著：爪隠し　イラスト：成瀬ちさと

12月刊ラインナップ

魔王のあとつぎ3
著：吉岡 剛　イラスト：菊池政治

ギャルに優しいオタク君2
著：138ネコ　イラスト：成海七海　キャラクター原案：草中

(B6判) **TS衛生兵さんの戦場日記Ⅱ**
著：まさきたま　イラスト：クレタ

(B6判) **未実装のラスボス達が仲間になりました。7**
著：ながワサビ64　イラスト：かわく

FBN vol.200　2023年11月30日
発行：株式会社KADOKAWA
〒102-8177　東京都千代田区富士見2-13-3
企画・編集：ファミ通文庫編集部
https://famitsubunko.jp/

新作
千年戦争アイギス
10th Anniversary stories
著：ひびき遊　著：仁科朝丸　著：籠乃あき　著：青本計画　著：川添枯美
著：むらさきゆきや　カバーイラスト：一斎楽（制作協力・Creative Cluster Group）
公式小説作家ひびき遊、むらさきゆきや、ゲームメインシナリオライターにDMMGAMESを代表するタイトルを手掛ける豪華ライター陣を加えた千年戦争アイギス10周年記念本！

「詳しいんですね。霊獣持ってるんですか？」

「いや、値段が値段だから、流石に手が出ない。個人的に好きなだけだよ」

霊獣マニアかな。

お金の問題なら、もっと安価で手に入る式神がいる。どちらも似たようなものだし、それで満足できそうなものだけど。

そう尋ねてみたら、強烈な反論を受けた。

「違う、違うんだよ！　確かに式神も召喚者の言うことを聞くし、外見が霊獣に似てたりする。だが！　生まれた時からそばにいて、最初に霊力を注いだ人にだけ懐く一途なところとか、他の人には見えない繋がりによって二人だけのコミュニケーションを取れるところとか、死ぬその時まで一緒に戦ってくれるところとか！　そういうところが良いんだよ！」

お、おぅ。そうか。

メリットは理解できるが、彼の情熱までは理解できなかった。

そんなに好きなら、うちの子が生まれたら会わせてあげようかな。喜んでくれそうだ。

ビルに泊まる人達が一通り卵を観察し、霊獣マニアさんが満足してくれた後、部屋に戻った俺は卵を撫でながら語りかける。

「みんなお前の誕生を楽しみに待ってるぞ。たくさん食べて大きくなれよ」

見世物となって大人達と交流の機会を作ってくれたお礼に、今日は奮発して重霊素を注ぐ。

他の卵と差が生まれたのは間違いなく霊力の量と質だろうし、さらなる強化を期待してるぞ。

マニアさんの言っていた〝目に見えない繫がり〟のおかげか、卵からなんとなく嬉しそうな感情が伝わってくるのだった。

第九話　武士の適性

御剣家に滞在して一週間経った頃。

訓練メニューが一部変更となった。

「「フッ！　ハッ！」」

「各自、己の課題を意識し、刀を振るように」

子供達が一列に並び、大上段から木刀を振り下ろす。

引退武士の先生がその周りを歩きながら、個別に指導を行う。

そう、武士の武器である刀を扱う訓練だ。

この訓練も本来は常設メニューに入っているのだが、初心者の俺が参加するということで、一週間メニューから外されていた。

その間、各自家で自主練していたらしい。

「例年であれば、翌日には通常訓練に戻るのだがな」

御剣様が俺の隣でそう呟く。

当主を引退したとはいえ、仕事もたくさんあるだろうに、暇を見つけては様子を見に来てくれる。

「お邪魔してすみません」

「良い。御剣家は、戦う意志のある者をいつでも歓迎する」

御剣様の性格からして、遠慮や建前を言うとは思えない。本心なのだろう。

なので、遠慮なく滞在させていただくことにする。

「ふっ！　ふっ！　ふっ！」

他の子供達が木刀を振るっているなか、縁侍君だけは真剣を使っている。

木刀だって重いが、金属の塊である真剣はさらに重い。

真夏の太陽の下、素振りを延々と繰り返しており、疲労の色を隠せていない。

もしも、素振りの途中ですっぽ抜けたらどうなるのだろうか。

そんなことを考えていると、御剣様から木刀を渡される。

「ほれ、お主も振るってみろ」

「はぁ」

当然ながら、俺も同じ訓練を行う。

前世でも振るったことのない木刀を前に、俺はどうすればいいのか困惑するばかり。

木刀なんて、修学旅行のお土産屋で手に取ったことしかない。

とりあえず、縁侍君を真似してみた。

「まるでダメだ。才能がない」

むっ。

日本最高峰の武士の評価なのだから、間違いなく事実であろう。

何となく俺も似合わないことをしてる自覚はある。

しかし、それはそれとして俺の無駄に高いプライドが傷ついた。

子供に言われたのなら笑って聞き流すが、同じ爺さん仲間には一言くらい返したくなる。

「才能がなくても、努力すれば――」

俺が心にもない反論を呟くと、御剣様は即座に否定した。

「ダメだ。才能のある者が幼少より長い時をかけ、がむしゃらに努力し、身命を賭して戦う。そうして初めて、人は武士に至る。このうちの一つでも欠ければ、それは戦友ではない。――新しい墓石が増えるだけだ」

厳しいセリフにも思えるが、御剣様の顔を見て反発する気は失せた。

含蓄のある言葉を通して、御剣様の過去を垣間見た気がする。

この話題を続けられるほど、俺達は親しくない。

せっかくだから、初日から気になっていたことを聞いてみる。

「刀って、壊れやすいんですよね。どうして使ってるんですか？」

「そうだな。折れるし、骨に当たれば刃こぼれする。半端者が使えば、どんな名刀も鈍になる」

〝折れず、曲がらず、よく斬れる〟という刀への賛辞は、かなり誇張されている。

素晴らしい切れ味を誇り、芸術品としても価値があるのは間違いないが、戦闘で乱暴に扱ったら当たり前のように壊れるのがものの道理。

そんな刀で、人外の膂力を持つ鬼の一撃を受け止めていた光景は記憶に新しい。

ずっと気になっていたのだ。

「そうでなくとも、妖怪に触れると刀身が腐れ落ちる」

えっ、金属が腐るとはいったい？

妖怪の体は陰気で形成されていると聞くが、どれだけヤバいんだ。

ここまで否定的な意見ばかり出してきたということは、ここからが本題なのだろう。

武士が現代でも刀を使う理由、それは俺の予想通り、逆接から始まった。

「だが――鍛錬を重ね、気を習得した者にとって、これ以上の武器はない」

御剣様は腰の刀をスラリと抜く。

「気を込めれば陰気に打ち勝ち――」

おそらく、今まさに刀へ気を流しているのだろうが、俺にはさっぱりわからない。

「――正しく扱えば無類の斬れ味を発揮する」

御剣様が八相の構えをとると、凄みのようなものを感じる。

刀が凄いのか、御剣様が凄いのか、あるいはその両方か。

「内気で肉体を強化し、鍛錬によって磨き上げた技でこれを振るえば――斬れぬものはなし」

御剣様がおもむろに刀を振るうと、風に舞う木の葉が両断された。

その動きはとても自然で、素人目にも洗練されているのがわかる。

斬られた木の葉を拾ってみれば、真っ直ぐな切断面が刀の鋭利さを物語っている。

「気を込めれば多少の無茶もきく。全ては気を修めることから始まるということだ」

つまり、俺はまだスタート地点にも立てていないと。

木刀を振り回すよりも、瞑想でもしていたほうがいいのだろうか。

「今日くらいは素振りを続けよ。長物を扱えると、咄嗟の時の武器に困らん。お遊戯会レベルなら伸び代も大きいだろうて」

お遊戯会ナメるなよ！

先生も子供達もメチャクチャ頑張ってるんだからな！

心で反論しながら、俺は素振りを始めるのだった。

かれこれ十日ほど訓練漬けの日々を送っている。

〝過酷な〟という修飾語がつかなかったのは、ひとえに身体強化のおかげだ。

俺が身体強化と呼んでいる陰陽術は凄まじい。

パワーアップは言わずもがな、肉体の限界を超えた強靭さと驚異的な疲労回復力、スタミナの増強など、自分で認識できる範囲だけでもこれだ。

転生してこのかた一度も風邪をひいてないのも、身体強化のおかげかもしれない。

だからこうして、自分が跳べるギリギリの距離の岩へ跳び込める。

たとえ失敗して岩にぶつかったとしても、この体なら骨折すらしないかもしれない。

「もっと限界へ挑戦しなさい。無難なところに落ち着くのが君の悪いところだよ。失敗や痛みの恐怖を乗り越えてこそ、気を習得できるからね」

訓練後に先生から頂いたお言葉がこれである。

おかしい。俺はかなり限界を攻めたつもりだったが？

二日目からずっと指導していただいている引退武士の先生。

穏やかでいい人なのだが、指導の言葉に偽りがなさ過ぎて心に刺さる。

「君には才能がないから、命を懸けて訓練しなさい」なんてしょっちゅう言われている。

御剣様が見つけてくれたオススメの内気訓練法も同じような理屈だった。

だから、縁侍君の後ろについて行って冷や冷やしながら岩を跳んだというのに……解せぬ。

遠的当ての訓練場に移動した俺達は小石を拾い、思い思いに投げ始める。

ただこの訓練、足元に石がなくなると石ころ探しの時間となる。

精神統一するか忙しなく体を動かすかの二択しかない訓練において、数少ない交流の機会となっている。

「この辺りに住む人はみんな〝御剣〟なんですよね。全員武士なんですか？」

近くで石を拾っていた縁侍君に話しかける。

以前、夕食の時間に聞いてふと思いついた疑問だ。

「そんなわけないだろ。武士の中でも適性のある人は全員うちに勤めてて、内気を多少使える程度のやつは他の仕事に就いてるんだ」

「適性って？」

「気を修めることは当然として、妖怪に立ち向かえるかどうか。俺は一撃入れたことあるんだぜ」

縁侍君は自慢げに語る。

朝日様に連れて行かれ、山に現れた脅威度4の妖怪の体に傷をつけたという。

「まぁ、大人達が封殺してたけど、背後からの不意打ちだったけど、結構怖かったけど……」

言い訳が後に続くところが縁侍君らしい。

いつか自分一人で倒してやると静かに意気込んでいる。

これが適性というやつか。訓練にやる気のない彼が、妖怪退治に対しては熱意を見せている。

戦うことが死ぬほど嫌だという人間と比べたらえらい違いだ。

武士にはなれなくとも、内気を多少扱えるだけでも凄い。

ここらに住む人は全員俺より強いのだろうか。

「近所の人全員、一度は訓練を受けるんですね」

「まぁ。でも、みんな内気を感じたところでやめるぞ。訓練がきつくて。内気をまともに使えない奴らにはきついだろうから仕方ないけど、泣くほど嫌がる奴もたまにいて……」

そもそも続けること自体が関門だったか。

やはり、内気習得は生半可な覚悟では難しいようだ。

大人の俺が泣いて帰るはずもないが、訓練の時間を霊力研究に回すべきか悩ましい。

「そういえば、お前はよくついてこれたな。もしかして、どっか別の武家で内気を教わってたのか？　いや、才能ないって言ってたっけ。あれ？　じゃあお前なんで俺についてこれたんだ？」

正直に「身体強化です」と答えられたらいいのだが、そんなわけにもいかず。

俺は聞こえなかったフリをして、拾った石を的に向けて投げる。

そもそも遠すぎて朧気(おぼろげ)にしか見えない的に当たるはずもなかった。

「なぁ、本当に内気使えないのか？　なら何で俺らについてこれるんだよ」

空気を読んで誤魔化されてはくれなかったか。

社会人なら踏み込んでこないだろうが、まだ子供だもんな……。

「……運動が得意だから」

「いや、そんなレベルじゃねーだろ」

「ですよね～。

「これこれ、あまり詮索してはいけないよ。陰陽師には秘匿すべき技術が多い。父親に口止めされている幼子から無理に聞き出しては可哀想だ」

「はーい」

先生のおかげで、これ以降探られることはなくなった。

ただ、武士はどうも勘が鋭いようで、御剣様に続いて先生にも身体強化系の陰陽術を使っていると薄々バレている。

とはいえ、彼らも内気という謎技術を使って似たような力を手に入れているし、問題ないといえば問題ない。

純恋ちゃんが箸を完璧に扱っていたのだって、あの年齢にしては凄いことだ。

筋肉の発達具合から、五～六歳程度でようやく正しい使い方ができるようになる。滑る里芋すら掴む華麗な箸捌き、幼稚園児が習得するにはちょっと早い。

俺が四歳で扱えるようになったのは身体強化のおかげだ。

彼女の場合、霊力が内気に置き換わるのだろう。

今度は縁侍君が石を投げる。

カーーン

高校球児張りの剛速球が遥か先の的に当たり、甲高い音が響く。

視力と腕力、両方で俺は負けている。

腕力の方はこれから伸びるとして、視力の方は内気しか期待できない。

どうしたものか……。

石を拾いながら思案する俺に、縁侍君が問いかける。

「お前よく訓練続けられるな。嫌にならないのか？」

さっきの問いとは少し違う。

これなら答えられる。

「新しい力を手に入れれば、陰陽師として強くなれますから」

「早起きするの辛くない？」

「全然」

社会人になるとね、早起きしなきゃ生きていけないんだよ。

平日は目覚ましを五分おきに五回セットして、万が一にも寝坊しないように注意するんだ。

そして、いつしかアラームが鳴る前に目が覚めるようになってしまう。

悲しき社会人の習性さ。

さらにその先では、眠りたくても眠れない老後の生活が待っている。

「ふーん」

理解できないといったご様子。

それでも好奇心を満たすことはできたのか、訓練に集中し始めた。

カ――ン
また当たった。

見えるのが当たり前、さらにコントロールまで完璧。遠方まで飛ばす腕力も合わさって最強である。

縁侍君、学校でも体育無双してそうだな。

砲丸投げで凄い記録が出そうだ。部活でも活躍を、いやいや、中総体で全国行ってるんじゃ？

さらにその先――。

「オリンピックに出たら優勝できそうですね」

「それはダメだって」

あっ、やっぱり？

「爺ちゃんが言ってたんだけど『儂(わし)らは陰(かげ)より人類を護(まも)りし者。表舞台に出ては要らぬ混乱を巻き起こす』だってさ。御剣家(うち)はダメだけど、お前の家がどうかは知らない。少なくとも、内気を使うのは禁止されるだろうな」

前世の高校時代をよくよく思い返してみれば、スポーツ万能なのに運動に興味ない同級生がいた。

あれはスポーツに興味がないのではなく、関係者だから競技に出場できなかったのではないだろうか。

あいつ、武家の人間だったのか……。実力隠してる系主人公かな。

武家関係者が表社会から身を隠しているのはうすうす気づいていた。じゃなきゃ日本の記録はもっとぶっ飛んだ数字になっていたはず。

不文律的なものがあるのだろう。

縁侍君の言う通り、俺はどうなるのだろうか。

身体強化で中総体無双するつもりだったのだが、内気を修得したら不文律に従わなければならないのか、それとも陰陽師だから別のルールに従うのか。

そういえば陰陽師も裏社会の存在だし……難しそうだな。

同じ訓練を乗り越えてきたことで、俺はいつの間にか子供達の輪に溶け込んでいた。

近くに寄れば話しかけてくれるし、お互いの性格もわかってきた。なんなら小学校のクラスメイトより親しくなったと感じている。彼らが困っていたら、率先して助けてあげたいくらいには。

彼らも同じ気持ちでいてくれると嬉しいのだが、どうだろうか。

「はい、必殺技」

「あぁ！　兄ちゃんずるい！」

「ずるくない。ゲームの所有者が一番強いのは当たり前だろ」

それと同じくらい、食後のゲーム大会もみんなとの距離を詰めるきっかけとなった。

年齢や性別、身体能力の差を気にせず、全力で遊べるコンテンツというのは、思った以上にありがたいものだ。ずっと一人プレイしかして来なかったから気づかなかった。

このゲーム大会は縁侍君が最年長になってから始まったらしく、今では恒例行事となっている。

「聖が相手でも手は抜かないからな」

「縁侍君相手なら接待プレイしてもいいですよ」

「お前どこでそんな言葉覚えたんだ。絶対やめろよ」

基本的に面倒くさがり屋な縁侍君も、楽しいことに関しては積極的だ。

地味な勉強や訓練よりも、ずっと楽しいことをしていたい、ごく普通の中学二年生である。

今も格ゲーのプレイキャラを素早くセレクトした。

「縁侍さん頑張って」

「お兄ちゃん頑張ってね！」

縁侍君に向かって黄色い声援が飛ぶ。

羨ましい。もう少し女の子の年齢が高ければ嫉妬していたくらいには羨ましい。

「聖、やっちゃえ！」

「兄ちゃんなんてやっつけろ！」

おう、任せろ。

お前達だけが俺の味方だ。

低学年男子組として、下克上してやろう！

「ふっ、他愛ないな」

負けた。うん、まぁ知ってた。

だって縁侍君、内気フル活用で格ゲー準ガチ勢だから。

勝てるわけがない。

「その目も内気でしたっけ」

「これはズルじゃないからな」

確かにズルではない。自らの力をフル活用しただけ。

内気を目に作用させることで視力を上げ、妖怪の神速の攻撃すら捉えてしまう。先生曰く、鬼との模擬戦で武士が攻撃を往なせたのもこれが理由の一つだという。

視力にもいろいろな種類があるが、静止視力と動体視力、瞬間視力や周辺視力、深視力などなど、その全てが向上すると言っていた。

それだけでもすごいのに、さらに応用編までいくと思考判断力も少し上がるという、とんでも効果を持つ内気利用方法だ。

遠的に石を当てる訓練がその初歩だとか。

ただし、思考判断力アップは内気の才能溢れる縁侍君ですら中学生まで習得できなかったし、大人になっても習得できない武士がちらほらいたり。

全くもって、内気には夢が溢れている。

それでなくともライト勢はガチ勢に勝てない。

それが格ゲーである。

「くそ～、聖でも勝てなかったか」

「はっはっは、トレモに籠って出直すんだな」

「トレモって何？」

超えることのできない圧倒的格差を、この子達はまだ理解できていない。

そのおかげでゲームを楽しめているので、知らない方がある意味幸せなのかも。

俺は最初から負ける気で戦っちゃったし。

コントローラーを隣の純恋ちゃんへ渡すと、ちょうどポケットのスマホから着信音が鳴った。

ゲーム観戦を中断し、隣の空き部屋へ移動する。

着信画面に表示されたのは予想通りの名前であった。

「もしもし、お母さん？」

『聖、元気にしていますか？』

「うん、元気だよ。いま皆とゲームしてたところ」

『あら、邪魔しちゃってごめんなさい。聖の元気な声が聞けて安心しました。皆のところに戻ってもいいですよ』

「ううん、お母さんと優也の方が大事だから」

お母様は親父と毎日連絡を取り合っているようで、三日に一回俺にも電話をかけてくる。

主に俺がこちらでの体験談を報告することが多く、優也とも電話を代わってもらっていろいろ話した。優也は生まれてこの方ずっと一緒だったので、長いあいだ兄と離れ離れな状況に戸惑っており、「早く帰ってきてね」と言われた時には本気で訓練を中止するか悩んだものだ。

今日も似たような話をし、おやすみの挨拶を交わしたところでお母様が聞いてきた。

『そうそう、今月も源さんからお誘いを頂いたのですが、どうしましょう。聖は雫ちゃん達と遊びたいですか？』

そういえば今月もお茶会があるんだっけ。

ほぼ毎月行ってるし、今月は不参加でも問題ないだろう。

「いいや。夏休みの間は内気の訓練を頑張りたい」

『わかりました。聖は本当に頑張り屋さんですね。あまり無理をしてはダメですよ。体に気を付けて、夏休みを楽しんでくださいね』

「うん、わかった」

スマホの通話画面が消え、ほんの僅（わず）かな寂寥（せきりょう）感を覚える。

前世の死に際は着信自体なかったというのに。

「おっ、聖戻ってきた！」

「次、聖の番！」

電話している間に一巡していたらしい。

低学年男子組の賑（にぎ）やかな歓迎によって、僅かな寂寥感は打ち消された。

「よーし、次こそ縁侍君に勝つぞ」

「「やっちゃえ！」」

彼らとはこれから長い付き合いになるだろう。

幼稚園と小学校で培（つちか）った経験により、小学生男子の好むノリはわかっている。

この技術を駆使し、もっと仲良くなれるよう夏の思い出を増やすのであった。

第十話　緊急出動

その日も俺は内気の訓練を終え、大人達と食卓を囲んでいた。

貴重な情報が紛れ込む大人達の武勇伝に耳を傾け、子供特有のオーバーリアクションを見せて気持ちよく話してもらう。

とても楽しく、有意義な時間となる……はずだった。

ビー　ビー　ビー

宴会の騒がしい声に負けない不快な音が、突如あちこちから鳴り響く。音の発生源は会社支給のスマホだった。

気持ちよく笑っていた大人達の顔が、音を聞いた途端真剣なものに変わる。

俺は、隣に座っている親父のスマホを覗き込みながら、問いかける。

「何かあったの？」

「近くに妖怪が発生した。すぐに出動する」

スマホの画面にはどこかの地図と〝推定脅威度5弱〟の文字が映っていた。

気がつけば、親父以外は全員立ち上がり既に行動を起こしている。

「聖は子供達のところへ行きなさい。今日は母屋に泊めてもらう。卵のことも気にしなくてよい」

いや、卵のことはどうでもいいんだ。

あいつは一日二日霊力あげなくても後で注げば満足する。

それよりも、さっき見えた数字、あれはもしかして。

「脅威度5弱って、大丈夫なの？」

「大丈夫だ、問題ない。何度も戦っている」

余計不安になるような死亡フラグ立てないでほしい。

やはり、画面の中央に表示された5弱の文字は見間違いじゃなかった。

5弱というと、妖怪が存在するだけで周辺の人間が不調を感じ、地域の家が総動員して当たるような災害クラスの大妖怪。国家機関が介入することもあるという。

軍隊が動く強さの妖怪相手だ、死ぬ可能性も当然ある。

「心配するな。すぐに帰ってくる」

親父が話を通すまでもなく、子供達は皆まとめてお泊まりする流れになった。

武闘派な御剣家といえど、子供達だけで夜道を歩かせるようなことはしないらしい。

みんな同じ部屋に布団を敷き、年少組は修学旅行のようにはしゃいでいる。

だが、日中の厳しい訓練で体力を使い果たしたせいか、思ったよりも早く眠りについてくれた。

正直、今はそういう気分じゃなかったから助かる。

俺もタオルケットをお腹に掛け、目を閉じる。

「……はぁ」

胸がざわついて目が覚めてしまった。

幸子(さちこ)さんも「よくあることだから大丈夫よ」と言ってくれたし、俺が家でぐーたらしている間、親父達はこういう危険な戦いへ何度も赴(おもむ)いていたわけで……心配する必要はないはずなのだが……。

寝返りをうつと、開けっぱなしの襖(ふすま)から蚊帳(かや)越しに星空が見える。

星空を眺(なが)めて眠くなるのを待とうとしたが、虫達の合唱がやけにうるさい。こっちにきてからずっと聞いていたBGM。もう慣れたと思ったのに……。

「トイレにでも行こう」

タオルケットを脇に退(の)け、静かに立ち上がる。

蚊帳をくぐり抜けて部屋を出ると、穏(おだ)やかな風が火照(ほて)った体から熱を奪う。

標高が高いおかげで気温が低く、日差しのない夜ならエアコンがなくても過ごしやすい。

勝手知ったる他人の家。月明かりに照らされた廊下を静かに進む。

その途中、曲がり角を越えた先に人の姿が見えた。

向こうも俺に気づいたようだ。

「眠れないのか？」

「はい」

そこにいたのは縁侍君だった。

本物の刀を肩にのせ、引き締まった体を惜しげもなく晒している。

彼は道着の上半身だけ脱ぎ、星明かりの下に立っていた。年下好きの女性が見たら興奮しそうな姿である。

もしかして、家族に秘密で自主練していたのだろうか。

彼は縁側に腰掛け、流れる汗をタオルで拭いながら手招きする。

俺が隣に腰掛けると、彼は呆れた様子で話しかけてくる。

「前から思ってたけど、そんな敬語とかいらないからな」

「でも、お世話になってるので」

「真面目というか、大人すぎるっていうか……あいつらと同じように、普通にしてていいから、普通に」

縁侍君はそう言って俺の頭をポンと叩く。

落ち着かない心を見抜かれてしまったようだ。

くっ、精神年齢三桁に近づこうとしている老人が、二桁になって間もない少年に慰められるとは……。

俺はほんのり屈辱感を覚えつつ、向こうから用意してくれた親密度アップの機会をありがたく受け取ることにした。

「縁侍君は不安じゃないの？」

「全然。爺ちゃんが死ぬところとか全く想像できない」

確かに、それは言えてる。

まだ一ヶ月も経っていないのに、あの人のパワフルさには敵う気がしない。

俺が御剣様の年齢だった頃には、もう既に膝の関節が擦り切れ、ちょっと走るだけで腰にも痛みが走ったものだ。

四十を過ぎてから、デスクワークばかりで運動不足な生活をしていたツケがダイレクトアタックかましてくる。

その経験が、不毛かもしれない内気訓練を続けようと決めた理由の一つである。

今世は絶対に健康寿命伸ばしてやる！

「俺はもう少し特訓するから、聖は布団に戻れ」

「眠くないから、もうちょっと見ててもいい？」

「明日寝不足になっても知らないぞ」

それは縁侍君も同じだろう。

しばらくの間、俺は縁側で足をぶらぶらさせながら、縁侍君の特訓を見学していた。

大上段からの振り下ろし、袈裟斬り、逆袈裟、突き……あとは名前が分からない。多種多様な斬り方に、目が錯覚をおこしそうになる足運び。何か技術を盗めないかと思ったが、俺が真似するには早すぎるようだ。

でも、そうか……縁侍君は寝る間も惜しんで訓練しているのか。

先生曰く、御剣家の血は代々〝気〟に対する適性が高いという。特に直系の血を継ぐ縁侍君は才能に溢れているそうだ。

そんな彼が訓練を重ねたのなら、強くなって当たり前である。

親父もまた、日々訓練やら夜勤やらに励み、今まさに妖怪と命を張って戦っている。

……俺も、そろそろ腹を括るべきか。

ずっと考えてはいた。

御剣様や先生の言っていたように、今世の俺には余裕がある。ハードな訓練だろうが、不意打ちされようが、心の奥底では本当の危機感を感じていなかった。

その理由は言うまでもなく身体強化だ。

なら、身体強化を解除すればいい、そんなことは自明である。

それでも実行に移せなかった。

何かと理由をつけて試そうとしなかった。

なんでだろうなぁ。

「ふっ、はっ！」

真剣を振るう縁侍君の動きからは、中学生離れした力強さを感じる。

普通とは違うその姿に、俺は憧れてしまう。

凡人のまま、誰の記憶にも残らず死んだ前世の後悔は、今なお俺の心の中で燻っている。

霊力や陰陽術で俺も特別な存在になれたが、それを実感できる場面はあまりない。

むしろ前世との違いを実感できるのは、学校で体を動かしている時だった。

子供達を圧倒して悦に入る趣味はないが、運動が得意になり、クラスの皆から尊敬される状況が嬉しくなかったといえば嘘になる。

そんな状況が御剣家に来て変わった。

身体強化してようやく追いつける武士の卵達との出会いにより、俺の特別性が一つ失われてしまった。

いま身体強化を解除したら、間違いなく落ちこぼれになってしまうだろう。

御剣家に招待された理由でもある身体能力が落ちたら、御剣家の期待を裏切ってしまうかもしれない。

だから、内気を効率よく習得する方法を実行できなかった。別に陰陽師として身につけた力がなくなるわけでもないのに。

俺は俺が思っていた以上に、身体強化に依存してしまっていたようだ。

……正直ここまで省察したのは初めてで、痛い思いをしたくないとか、呼吸するのと同じくらい無意識に発動していたからとか、なぁなぁでここまで来てしまった。

良くも悪くも、前世の自分はなかなか捨てきれない。

親父も頑張っているんだ、俺もちょっと頑張ろうかな。

どうせ眠れそうにないし、思い立ったが吉日、早速実行するとしよう。

身体強化を解除するには全身から重霊素(じゅうれいそ)を取り除(のぞ)く感じで……。

……

………

…………

あれ？

取り出せない？

嘘だろ、どうなってるんだ！

前はこんな感じでできたはず。

そういえば、最後に身体強化を解除したのっていつだっけ？

霊素を重霊素に入れ替えた時も解除したわけではなかった。

身体強化の可能性についていろいろ試していた頃に数回だけだから……もう五年ちかく経ってるな。

まさか、体に馴染みすぎて解除できなくなった？

いや、重霊素に換えたのがまずかったか？

それとも体が成長したから？

真実はわからない。

でも、身体強化が俺の制御下を外れてしまったことだけは事実だ。

「これはまずいのではないか」と焦る気持ち半分、どこか安堵する気持ちがもう半分。

内気を感じ取る切り札の当てが外れた半面、晴れて俺は「解除できないのだから仕方ない」と自分自身に言い訳できるのだから。

見取り稽古のつもりが、身体強化について考えているうちに時が流れていた。

「おっ、帰ってきたみたいだ。俺は部屋に戻るから、聖も峡部のおじさんにおかえり言って早く寝ろよ」

そう言って縁侍君はそそくさと立ち去ってしまう。

俺にはまだ何も聞こえない。

それでも縁侍君の言う通り、親父達が帰ってくることに疑いはない。

内気は聴力すら上げると聞いているから。

ここで一緒に御剣様の帰りを待っていたらいいのに。

いや、男の子的に秘密の特訓がかっこいいと思うのはとても理解できる。

俺にバレるのはよくても、家族に見られるのは嫌なのだろう。

訓練が面倒なんじゃなくて、泥臭く頑張る姿を見られるのが嫌だったのか。

中学二年生男子の考えなどそんなものである。

既に月は大きく傾き、夜明けが近づいている。

静謐な御剣家の庭に虫達の合唱をかき消す一陣の風が吹く。

身体強化の問題は後回しで良いだろう。

「お出迎えしたら驚くだろうな」

やがて聞こえてきた賑やかな声に、俺は眠気を思い出すのだった。

第十一話　訓練合宿

夏休みもそろそろ終わりが見えてきた。

にもかかわらず、未だに内気の〝な〟の字も見えてこない。

御剣家直系の血筋を除き、普通の人は年単位で修行する必要があるとは聞いていた。

それでも、あわよくば一ヶ月で習得できないかなと期待する自分がいたのも事実。

霊力の方が順調だから調子に乗っていた。

そんなある日の食卓にて、幸子さんが問いかけてくる。

「明後日、子供達は訓練合宿をするのだけど、聖君も参加するわよね」

問いというより確認だった。

合宿って、現状でも既に合宿しているようなものなのですが……。

「何をするんですか？」

「テントでお泊まりするんだぜ！」

「火起こしも！」

「カレー作って、花火もする」

低学年組が教えてくれた。

合宿というより、幼稚園のお泊まり会だな。

訓練はいつも通りするとして、子供達に楽しんでもらうための夏の恒例行事だろうか。

夏休みの間ほぼ毎日訓練を頑張っていたし、ご褒美があっても良いと思う。

俺は夏休みが終わる直前まで御剣家に滞在すると決めているので、答えは最初から決まっていた。

「はい、参加します」

こうして、小学一年生の夏休み、最後のイベントが決まった。

家へ帰るまでに、内気の手掛かりくらい掴みたいなぁ。

「肝試ししようぜ」

夕食後のゲーム大会中、縁侍君が悪戯っぽい笑みを浮かべながら提案した。

なんだろう、嫌な予感がする。

「それって、合宿の夜に？」

「もちろん」

「子供だけで？」

「大人がいたらつまらないだろ」

はい、アウトー。

親父達が緊急出動したあの日『夜は母屋(おもや)の敷地から出てはいけません』と幸子さんに言われている。

理由なんていくらでも思いつくが、一番の理由はあれだろう。

「妖怪が出るんじゃないですか？」

「大丈夫だって。ここにいる奴は初歩の内気を使えるから、逃げるだけなら問題ない」

俺は使えないのですが？

「『秘密の肝試し！』」

「お前達は去年みたいにおもらしするなよ」

あっ、肝試しも含めて恒例行事なのか。

ということは、大人達も知っているに違いない。

子供の秘密は往々(おうおう)にして大人にバレているものだ。

だがしかし、まぁ大丈夫だろうと見過ごして、後から大問題になるケースもある。

子供達のやんちゃを止めることはできそうにないし、万全を期(き)すためにも行動するべきだろう。

「ちょっとトイレ行ってくるね」

「いってらっしゃい」

適当な理由をつけて部屋を出た。

大人を探してキッチンへ行くと、予想通り洗い物をしている幸子さんがいた。

大量の洗い物を手早く片付けていく姿には感謝の念に堪えない。

ここで手伝いますと言っても、受け入れてはもらえないだろう。

自分が働いている間、子供達には楽しい思い出を作っていてほしいと願うのが大人である。

ここはありがたく、自由な時間を楽しませてもらうとしよう。

そのお礼と言っては何ですが、耳寄りな情報がありますよ。

「幸子さん、ちょっといいですか？」

「あら、聖君。どうかしたの？　縁侍達と遊んでると思ってたけど。もしかして、お父さんが恋しくなっちゃった？」

ぐはっ！

その言い訳を悪用した俺が悪いのだけど、いい歳こいた大人にそれはキツい。

「いえ、お願いがあってきました」

何かしら、と優しく尋ねてくれる幸子さんに、俺は縁侍君の計画をリークした。

山奥で、夜に、子供だけ、そんなワードが集まったら事件が起こるに決まっている。

大人に知らせないという選択肢は絶対にありえない。

しかし同時に、男の子のロマンも理解できてしまう俺は、こうお願いする。

「後ろからこっそり見守っててもらえませんか？」

これぞ、子供達の夏の思い出を邪魔しない、かつ安全性を考慮した肝試しである。

子供達に気づかれさえしなければ、大人はいないのと同じ。

子供達の思い出のため、大人には黒子に徹してもらおう。

「うふふ、教えてくれてありがとう。わかったわ。私からあの人にお願いしておくわね」

「よろしくお願いします」

ふぅ、これで何かあっても安心だ。

大人の義務は果たしたといっていいだろう。

俺がお願いするまでもなく誰かが見守ってくれるだろうけど、念には念を入れよとも言うし、これでいい。

俺は一仕事終えた気持ちで縁侍君達の下へ戻るのだった。

第十二話　御剣護山の洗礼

都心から少し外れたアングラな地域。

その中心には、長い年月を耐え忍んできた巨大なビルがある。

敷地を区切る高い壁により、周辺住民でさえも何に使われているのか知る者は少ない。

「刑務所じゃないのか？」

などと言われる始末。

しかし、一部の関係者達は知っている。そここそが日本を陰から守る、陰陽師達の中枢機関であることを。

ビルの銘板にはこう書かれている。

「陰陽庁」

そんなビルの最奥にて、誰もが眠りにつく時間であるにもかかわらず、一心不乱に儀式を執り行う陰陽師がいた。

和室の床に敷かれているのは十畳の面積を埋めるほど巨大な紙。そこには緻密な線が縦横無尽に引かれており、よくよく見れば描かれているのは地図であるとわかる。

そんな地図の上に立つ陰陽師が占いの結果を告げた。

「妖怪が発生しました」

予言ではなく、事実。

次に告げられる言葉は妖怪の発生地点である。

占いを見守っていた記録官が筆を墨(すみ)につけ、一言一句聞(き)き漏(も)らさないよう、耳に意識を集中させる。

妖怪が発生した地域の陰陽師へ、迅速に、正確な情報を伝えなければならない。

都市部に現れでもすれば、大災害が起きてしまう。

陰陽師が閉ざした瞳(ひとみ)をゆっくりと開き、告げた名は――。

「御剣護山(みつるぎごさん)です」

◇◇◇

そして、あっという間にやって来た訓練合宿の日。

聞いていた通り、朝にテントを設置して午前中の訓練に繰り出し、お昼は少し早めに戻ってみんなでホットサンドを作った。

午後の訓練も普段よりあっさり終わり、夕食のカレー作りが始まる。

「あっ、火が消えてる」

「じゃあ火起こし競争二回戦だ！」

合宿中に使う火種は自力で生み出す決まりだそうだ。

サバイバル経験はなくとも力だけは人並み以上にあるので、午前中同様、手もみ式で火を起こす。

焔之札(ほむらのふだ)を使うような野暮(やぼ)な真似(まね)はしない。

「ふー、ふー、ふ――、ふ――、ふ――――っ。やった」

「聖(ひじり)もう火ついたのか。覚えがいいな」

一回目でコツを教えてもらったのだから当然です。縁侍(えんじ)君はもう既に自分の分の火をつけて、妹達の面倒を見ているくらいだし。

バラエティー番組を見て面白そうと思っていた火起こしを、まさか転生してから体験することになるとは。

しかも、トライを断念した理由の手の痛みも、身体強化で全く感じない。

自力で起こした火種が大きな炎になっていく様は少年の心をくすぐられる。ちょっと感動した。

「俺一番～」

「聖に負けた～」

「お前ら火で遊ぶなよ。ほら、かまどに火を入れたら追加の薪(まき)を準備するぞ」

「私達は食材の準備しましょ」

夕食作りは終始こんな調子で進み、皆で協力して作ったカレーライスを堪能した。

汚れの酷いお皿は雑草で拭い、皿洗いで使う水を節約する。

子供だけでテントを設営させたり、火起こしから食事を用意させたり、予想以上に本格的な合宿である。ここまでくればこの合宿の狙いにも気が付く。

「野営の実地訓練を兼ねてるのか。任務によってはサバイバル生活することになるのかな？」

そんなことを考えていると、花火片手にこちらへ近づく影が。

夕食後は子供達お楽しみの花火の時間である。

「聖も一緒にクロス花火しようぜ！」

「三人でやったらスーパークロスだ」

いや、＊になるんじゃないかな。カラフルな花火をクロスさせてXを作っている二人からお誘いを受けた。

子供達は合宿の狙いなんか考えず、純粋に楽しんでいる。

せっかくの花火、楽しまなきゃ損だな。

大きな花火パックを十個も用意したら結構な金額になる。縁側から俺達の様子を眺めている出資者の期待に応えるためにも、余計なことは忘れるとしよう。

手持ち花火を振り回したり、ねずみ花火にはしゃいだり、皆で小さな打ち上げ花火を見上げたり、童心に返って楽しんだ。

ノリの良い大人が一時参戦したときは特に盛り上がった。

最後に興じるはもちろん線香花火。大人達が帰った後、全員で輪を作って手元の花火に集中する。

飛び散る火花が次第に弱まっていく光景に、夏休みの終わりが連想された。

思えば、御剣家を見学するだけのはずが、翌日には内気の訓練に参加することとなり、野営のお試し訓練までするることになるなんて。

御剣家の関係者達と知り合って世界が広がったし、初めての経験をたくさんできたなぁ。

濃厚な夏の思い出と共に寂寥感を覚え――。

「誰が一番最後まで残るか勝負だ！」

「いいよ！」

この子達はずっとこの調子だ。この年頃は本当に勝負事が好きだなぁ。

変に寂しさを覚えるよりも、彼らの方が理想的な生き方かもしれない。

俺としてはこれだけで十分夏を満喫したのだが、もう一つイベントが残っている。

「母さん達の部屋の電気が消えたな。皆、出てきていいぞ」

縁侍君が各テントへ声を掛け、暗い庭に集合する。

気分はまさに悪戯をたくらむ悪ガキである。

恒例行事ということだから、悪さではないのだろうが。

「それじゃあ、肝試しを始めるか」

縁侍君が音頭を取り、肝試しの準備が進んでいく。

「肝試しかぁ」

「聖怖いのかよ。俺は怖くないぜ」

「俺も怖くない」

「妖怪が出るかもしれないよ。幽霊だって出てくるかも」

「「出てきても倒してやる！」」

低学年男子が威勢よく答える。低級妖怪に限っては俺も賛成である。しかし、幽霊に関しては同意しかねる。

陰陽師の才の一つ、霊感。

転生してから手に入れたこの能力は、俺に新しい常識を植え付けた。

「幽霊ならそこらへんにいるんだけどなぁ」

「聖、なんか言った？」

「ううん、何も」

天橋陣（てんきょうじん）で初めて死者の区別がついたあの日から、俺は身の回りに幽霊がいる日常が当たり前となった。

死者の大半は自力で成仏できるので、そこらじゅうにいるわけではない。

ただ、道端でしゃがみ込んでいる人を心配して駆け寄ったら、幽霊だったなんてことがたまにある。

霊感は人によって千差万別だが、俺の場合は視覚に強く現れたようだ。

幽霊というと、一般人は悪霊を連想しがちである。

前世の俺も「幽霊なんているわけない」と嘯（うそぶ）きながら、怪談を聞いて肝を冷やしていた。

しかし実際のところ、脅威度1の彼らに何ができるはずもなく、ただただそこら辺を彷徨（さまよ）うだけの無害な存在であった。

悪霊と呼ばれているものの正体は、脅威度2～3の妖怪である。

見慣れた幽霊が怖いはずもなく、俺にとって肝試しは、ただのナイトウォーキングと化している。

「ゆうれい出たらどうしよう」

「ゆうれいなんて怖くないし」

双子揃って幽霊が怖いらしい。

脅威度1の希薄な存在は視覚特化の霊感持ちでないと見えないことが多く、生前の姿そのままだったり、人型の靄（もや）に見えたり、ただの光の球に見えたり、人によって見え方が異なる。

陰陽師ほど霊感の強くない武家の子供達にとって、幽霊とは未知の存在なのだ。

人の恐怖の八割は未知によるものであり、彼らにはこの肝試しがちゃんと楽しめるものとなっていた。

「それじゃ、くじでペアを決めるぞ」

割り箸の先に書かれた数字でペアを決めるらしい。

古典的なやり方だな。いったい何年前から続けているのか、割り箸は結構年季が入っている。

俺が引いたのは最後に残った四番。

あれ、縁侍君の割り箸は？

全員で九人だから、もともと一人余る計算だが……。

「俺は純恋と聖のとこに入るわ。それじゃ、あとは順番に出発だ」

俺達のペアだけ、低学年二人となっている。縁侍君はこうなることを考えて、自分がフォローできるようにしていた、だと……なんとも言えない敗北感。

「五分経ったな。俺達も行くぞ」

割り箸を選ぶ順番譲っただけで大人ぶっていた自分が恥ずかしい！

「うん」「はーい！」

肝試しの舞台は母屋の隣山。

山を登って頂上にある祠でバッジを回収し、登りとは反対側の階段から下山して母屋に戻る。

子供の遊びとは思えない運動量、さすがは日々訓練を欠かさない武士の卵だ。

山道は比較的なだらかな登りとなっており、切り拓かれた道は丸太で階段が造られている。

階段の途中には大きな広場もあって、団体でピクニックすることもできそうだ。

思っていたよりは歩きやすい。

「全然怖くないな」

「お兄ちゃん、妖怪いない？」

「いないって。いたらすぐにわかる」

「ゆうれいも？」

「大丈夫だって」

強がっているのか、本当に怖くないのか、縁侍君はすいすい山を登っていく。

一方で、まだ幼い純恋ちゃんはどこにもいない幽霊と妖怪の姿を探して怯え、兄の上着の裾を摑んでいる。

これが兄妹ではなく幼馴染だったらラブコメになるのだろうが、縁侍君は特に残念そうな顔も見せず、山を登っていく。

「なんか、思ってたのと違うな。昔はもっと面白かったんだけど。来年はおばけ役を決めようか」

縁侍君の場合、何が出てきても対処できるという自信があるから、肝試しの肝を試す所が意味をなしていないだけだと思う。

「あっ」

「きゃ――――！」

縁侍君がいきなり声を上げて立ち止まったせいで、傍にいた純恋ちゃんが悲鳴を上げる。

その原因となった彼は妹の頭をポンポン叩きつつ、振り返って俺に話しかけてきた。

「聖なら、札飛ばしだっけ？　いろいろできるよな。来年、おばけ役やってくれない？」

「できるけど……」

それはつまり、来年も御剣家にお邪魔するということで。

俺が一緒にいるのが当然と縁侍君が考えてくれて、武士のコミュニティに受け入れてもらえたという証でもある。

おぉ、感慨深いなぁ。

夏休みを投資した甲斐があったというものだ。

「うん、いいよ。来年は皆を驚かせてあげる」

「怖いのやだ！」

純恋ちゃんには不評なようだ。

この子はすごく純真で、とても庇護欲を掻き立てられる。

純恋ちゃんの時だけ手を抜いてあげよう。

その後も順調に山を登り、問題なく祠にたどり着いた。

あらかじめ置かれていたバッジを回収し、行きと反対側にある階段を下りていく。

縁侍君は既に消化モード、俺は夜のお散歩、唯一肝試しを楽しめているのは純恋ちゃんだけだった。

「いっそ妖怪でも出ないかな」

「そのために刀を持ってるんですか？」

「そりゃあもちろん」

普段持っている木刀ではなく、あの夜に見た真剣を腰にぶら下げているのはそのためだったか。

肝試しというのは、本当に妖怪がいる場所へ赴くのではなく、暗くて不気味な場所でちょっとしたスリルを楽しむもの。

決してvs妖怪を期待して行うものではない。

しかし、言霊というものは存在するようだ。

ゾワリ
「お兄ちゃん、あれ、なに？」

夏の湿気よりも気味の悪い、ぬるりとした空気が頬を撫でる。

階段の先、広場の中央に闇が浮かんでいた。

そいつは俺の知っているそれとは違うが、どんな存在か一目見てわかった。

「妖怪だ」

ビー　ビー　ビー

縁侍君の答えによって、信じたくない予想が確信に近づいてしまった。

さらにその答えを後押しするように、ポケットのスマホから警報が鳴り響くのだった。

第十三話　御剣　縁侍　side：縁侍

「お主は将来、御剣家の長男として一人前の武士となり、この国の民の安寧を陰より護るのだ」

爺ちゃんはことある毎にこのセリフを口にする。

絵本を読んでもらった時も、家族で時代劇を見ている時も、誕生日でも。

うちの家業でもあるし、爺ちゃんは仕事人間だから仕方ないのかもな。

『ほれ、まだ五十回だぞ』

『素振りもうやだ。つかれた。手がいたぁい』

『そんなことでは一人前の武士にはなれんな。幼少期は特に重要な時期だ。嫌でも続けろ』

物心つく前から木刀を振ってたし、物心つく前から内気の訓練を受けていた。

そもそも、うちの環境全てが武士を育てるために整っている。

俺は生まれた瞬間から、武士になることが決まっていたんだ。

別にそのことに不満はない。

武士はかっこいいし、学校で誰にも負けないくらい強くなれた。

ただ一つ不満があるとしたら、実力を見せられないことかな。

「徒競走のクラス代表は誰にしますか」

「やっぱマサオだろ」

「キヨシ君も速いよね」

「じゃあ、陸上部で一番速いマサオ君に決定ってことで」

運動会の出場競技を決めるクラスミーティングの時間。

運動ができる奴の中に、俺の名前は出てこない。

学校では実力の十分の一も出してないんだから当然だけど。

もちろん、運動会当日もその他大勢と同じ実力しか見せられない。

「マサオ君すっごーい！」

「一着じゃん、すげー」

はっ、笑わせる。あれで学年一位かよ。

うちのちびっこ達の方が速いんじゃないか――ってのは言い過ぎにしても、俺なら絶対にぶっちぎりで勝てる。

はぁ、武士の家系じゃなければ全力を出せるのに、武士の家系じゃなければ気を修(おさ)めることはできなかった。

運動部に入ることも禁じられて、放課後は家で訓練の日々。

クラスメイトにはただの帰宅部だと思われてるし。

……本当なら俺の方が足速いのに。

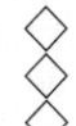

土日はちびっこと弟分が集まっての訓練日。

ここでは実力を隠す必要がない。

でも、平日毎日頑張っているのに、土日まで頑張る必要あるのか？

基礎訓練なんてもう余裕だし、ちびっこ達が怪我しないように見守る程度でいいだろ。

「兄ちゃん、今日は何のゲームするの？」

「縁侍さん……今度出るモンスター狩人の新作、買いますか……？」

「縁侍兄さん、外気を取り込むのってこんな感じ？」

「縁侍さ～ん、私も見てください。全然外気をつかめなくってー」

訓練よりも、みんなとワイワイ遊ぶ時間が一番楽しい。

俺が最年長になってから、訓練の後に皆でゲームをするようになった。

一人プレイもいいけど、テレビゲームはマルチプレイの方が盛り上がる。

「お兄ちゃん」「にーちゃん」「兄ちゃん」「縁侍君」「縁侍兄さん」「縁侍さん」

千絵と雅人、愛梨沙の三人は将来一緒に戦うことになると思う。ちびっこ達はどうだろう。

でも、こいつらとなら悪くない。

都会で一人暮らしを始めた先輩達が戻れば、全員勢揃いだ。

そんな俺の世界に、新しいちびっこが一人加わった。

「峡部強の息子、峡部聖です。今日から訓練に参加させていただきます。よろしくお願いします！」

夏休みになると毎年一人二人やってくる。

そして、訓練についてこられなくてすぐに帰ってしまう。

こいつもそうなるだろうなと思っていたのに、今年は違った。

「足痛くない？」

「大丈夫です」

内気の訓練を数年続けているちびっこ達についてこられるなんて、ちょっと運動ができる程度じゃ無理なはず。

その後の訓練もこいつはしっかりついてきた。

精神統一でも居眠りすることなく静かに座っていられるし、岩の上もひょいひょい跳ぶ。

的当てだけは苦手みたいだけど、去年の健太と仁よりもずっとデキる。

明らかにこれまでの奴らとは違う。

「手加減したとはいえ、これを止めるか。流石の儂も驚いたわ。次はもう少し本気を出すとしよう」

嘘だろ、おい。爺ちゃんの刀を止めやがった。

こんなちびっこが俺よりも早く反応するなんて……。

そいつは翌日も、そのまた翌日も訓練に参加してきた。

早起きを苦にも思わず、厳しい訓練に弱音を吐くこともなく、真剣に取り組む姿に違和感を覚える。

そもそも、ちびっこらしくない話し方をする変わった奴だ。

なんで俺達についてこられるのか聞いてみたら、先生に叱られて結局わからずじまい。

別にどうしても知りたかったわけじゃないけど、少しモヤモヤする。

二週間経っても聖は帰らなかった。

内気をまともに使えないちびっこには辛いはずの訓練を、文句ひとつ言わず続けていた。

「いてっ！」

「この不意打ちには反応できぬか。お主の対応力は大体把握した」

いつの間にか爺ちゃんが滝まで来ていた。

俺でも全く反応できなかったんだから、聖に反応できなくて当たり前だ。

むしろ札が地面に落ちているあたり、多少なりとも反応できたことが凄い。

「御剣様、いらっしゃってたんですね。早速稽古をつけていただきありがとうございます。それと、できれば次からは寸止めでお願いします」

「寸止めではお主の気が活発化せん。たんこぶができるくらいでちょうど良い」

「怪我をさせるのは既定路線なんですね」

聖は内気の感覚をさっぱり掴めないみたいだけど、陰陽師としての才能は凄いんじゃないか。

一生懸命訓練に参加しているし、内気について聞いてくるときは大人と話しているような気になる。まだ小学生なのに。

聖みたいな奴が天才って言われるのかもしれないな。

あぁでも、爺ちゃん達が緊急出動した日は年相応だったっけ。

俺が夜の特訓をしている時に、不安そうな顔で起きてきた。武士の子供なら一度は必ず経験するやつだ。

眠れないからって、俺の特訓を観察しながらおじさん達を待って、帰ってきたらわかりやすく安心してたな。

俺も小さい頃、同じことをした覚えがある。

「ふむ、内気は感じ取れたか」

「いえ、全く」

夏休みの大半を一緒に過ごして、毎日のように遊んだけど、結局聖のことがよくわからない。

俺の後ろをひょこひょこついてくると思ったら、いつの間にか大人達のところにいたりする。ちびっこ達と一緒になって走り回っていると思ったら、爺ちゃんと内気について真剣に話し合っていたりする。

何よりおかしいのは、爺ちゃんがこんなにしょっちゅう稽古をつけに来ることだ。いつもは部隊の訓練を優先するのに、聖が来てからは何度もこっちを見に来る。

「まだまだ訓練が足りんな。限界に挑(いど)まんと気の極意に近づけんぞ」

「厳しすぎません？」

「はっはっは！　儂が若かった頃はこの十倍厳しかったぞ。それに、話に聞いた安倍家(あべけ)の修行と比べれば生温(なまぬる)いものよ」

聖が来てから、なんだか爺ちゃんは楽しんでいるように見える。

家に戻る途中、俺は爺ちゃんに聞いてみた。

「爺ちゃん随分張り切ってるな。あいつそんなに見込みあるの？」

「武士としての才能なら皆無(かいむ)だ。ろくに内気を練ることもできず、咄嗟(とっさ)の判断も遅い。刀を振り回せば自分が傷つくであろう」

「じゃあ、なんで？」

「武士としての才能は皆無だが、陰陽師としては非凡な才がある。恐らく、あやつにはこれからいくつもの試練が待ち受けているであろう。そしてそれを超えた暁には、安倍をも超える逸材になるやもしれん」

「いつもの勘ってやつ？」

「あぁ、そうだ。あやつとの縁は大切にしろ。下手をすれば、御剣家ですら手綱を握れなくなるぞ」

「ふーん」

爺ちゃんがこんなに人を褒めるところなんて初めて見た。しかも子供相手だぞ。

聖が凄い奴なのはなんとなくわかってたけど、そこまで凄い奴なのか？

俺が学校で実力を出さないのと同じで、父親に隠すよう言われているのか？

なんだろう、なんか……。あぁ〜〜もやもやする……。

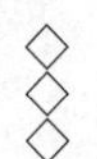

夏休みもそろそろ終わる……聖ともお別れだな。

合宿恒例の肝試しの時間。

俺はなんとなく真剣を持ち出した。もしかしたら妖怪と戦えるかもしれない。そうホイホイ出てきたりはしないけど、念の為、一応、な。

前回はへっぴり腰になったけど、今回こそは実力を発揮してみせる。

その為に特訓したんだ。

なんて期待していたけど、そう都合よく妖怪と出くわしたりしないか。

怖がる純恋を引っ張りつつ、ルートを着実に進んでいく。

肝試しってこんなにつまらなかったっけ。

「なんか、思ってたのと違うな。昔はもっと面白かったんだけど。来年はおばけ役を決めようか」

つっても、文化祭みたいな子供騙しじゃ意味ないし……。

「あっ」

「きゃ――！」

そんなに怖がるなって。

俺は妹の頭をポンポン叩きつつ、振り返って聖に話しかけた。

「聖なら、札飛ばしだっけ？　いろいろできるよな。来年、おばけ役やってくれない？」

「できるけど……うん、いいよ。来年は皆を驚かせてあげる」

そうだな、来年。

来年の夏休みも、こうして皆で遊べるよな。

内気の才能がないって爺ちゃん言ってたし、聖がいつまでうちに来るのかわからないけど、来年も悪くない夏休みになりそうだ。

俺が今朝置いてきた到着のしるしを回収して、もう一つの道から山を下りていく。

そろそろ夏休みも終わりだなぁ。

宿題やらなきゃ……面倒くせ。

肝試しよりも休み明けの学校のことを考えていたその時、気持ち悪い空気が突然辺りを覆った。

この感覚、覚えがある！

俺は腰の刀に手を添え、鯉口を切った。

瘴気の発生源は俺達の視線の先、広場の中央に出現した。見た目はクラゲっぽい妖怪だが、何をルーツにしているかは不明だ。

ただ、これだけは分かる。

「こいつ、強い」

俺が初めて戦ったやつと同じくらいだから、脅威度4か。

あの時はびびって実力を発揮できなかった。でも、今なら本気を出せる。この時のために特訓してきたんだ。俺だって気を修めた武士の一人、爺ちゃんみたいに妖怪を倒してみせる！

「お前達は逃げろ！　こいつは俺が倒す！」

聖はしっかりしているから、純恋を連れて家に戻るくらい大丈夫だ。
最悪勝てなくても、こいつらが大人達を呼んでくれる。
いや、負けることなんて考える必要はない。
俺が本気を出せば、絶対に倒せる！

第十四話　瘴気

目の前の妖怪を一言で表すなら、クラゲだ。

触手をぶら下げながらふわふわ宙を漂い、灰色の体がゆっくりと拍動している。毒々しい濃紫のラインが時々浮かび上がるのは、いったいどんな原理なのやら。

見た目だけなら深海のクラゲそのものだが、体高二mの巨体が宙に浮いていて、気味の悪い存在感を放っている時点で明らかにこの世の生き物ではない。

これが……本当の妖怪……。

俺が退治した脅威度2なんかよりずっと禍々しい。

滅多に騒がない霊感がここから逃げろと忠告してくる。

この地球には陰陽師と妖怪がいて、そのうえ神まで存在するのだから、言霊がある可能性は十分あり得る。

縁侍君の言葉がこいつを呼んだなんて言うつもりはないが、なんでよりによって大人が近くにいない時に……。

頼みの綱である監視係はどこにいるんだ。

今こそ子供達の危機だろうが。

ん？

そういえば俺達より先に出発した子供達はどうなったんだろう。

逃げてきたなら俺達と鉢合わせするはず。

つまり、この妖怪が発生する前に通り抜けたか、監視係の誘導で山の中を通って緊急避難しているということ。

縁侍君なら逃げられると判断して、他の子供を先に避難させている可能性もある。

俺の結界の強さも知られているから余計にか。

何にせよ、この場を離れる他ない。

戦う？

あんな未知の化け物相手に、事前準備なしで突っ込むなんて馬鹿のすることだ。

相手の力量だって、俺にはよくわからない。ただ一つ明白なのは、輪郭のはっきりとした体を持つことから、脅威度2より上ということだけ。

脅威度3以上の妖怪と初めて戦うなら、親父達のバックアップがある時を選ぶ。

俺は既に強い力を持っているようだが、妖怪退治初心者であることに違いはない。

予想外の出来事で呆気なく死ぬなんてごめん被る。ここは大人達に任せた。

幸い、妖怪と俺達の間にはけっこう距離がある。逃げるには十分な距離だ。

「縁侍君、逃げ――」

「お前達は逃げろ！　こいつは俺が倒す！」

はぁ⁉

何言ってんだこいつ！

「はっ！」

俺が引き留める間もなく、縁侍君は刀を抜き、鋭い踏み込みで妖怪に向かって行ってしまった。

そうだ、そうだった、中学生男子は基本的に馬鹿なんだった。

しかも、戦闘力と大義名分のある男の子が、全力で倒すべき相手を前に自重するはずがない！

「――――はっ！」

既に外気を取り込める縁侍君の全力の一撃。

それは見事に妖怪の触手を斬り裂いた。

否、妖怪に避ける気がなかったという方が正しい。

縁侍君が接近した瞬間、妖怪は体から黒い霧を発していた。

月明かりしか光源のない暗い山の中であっても、霧は闇に溶けることなく、はっきりと目に映る。

俺はその正体に心当たりがあったが、警告を発する間もなく、刀の接触と同時に霧が縁侍君の右腕に絡まっていく。

一刀の後、そのまま駆け抜けた縁侍君は遅れて妖怪の反撃に気がついた。

「なんだこれ。……うっ！　うぁぁぁあ！」

縁侍君が右腕を押さえて蹲(うずくま)る。

激痛を堪(こら)えるように顔を歪(ゆが)め、口から呻(うめ)き声(ごえ)と荒い呼吸が漏(も)れている。

間違いない、あれは瘴気(しょうき)だ。

科学や医療技術が未発達な十九世紀以前まで、病気を引き起こす原因として悪い空気が存在すると考えられ、それを人は〝瘴気〟と呼んでいた。現代では病原体が明らかとなったため、瘴気の存在は否定されている。

しかし、医療現場の外、陰陽師界隈(かいわい)においては現役で使われている言葉だ。

人間にとって陰気と陽気はバランスが大切とされるが、瘴気は違う。

瘴気とは人に対する明確な悪意の籠(こも)った空気であり、呪いのようなものと言われている。それに晒(さら)された人間は大きな不幸や病気、事故に見舞われることとなる。

殺人型(type murder)が直接人を殺しまわるのに対し、災害型(type disaster)の妖怪は、ただそこに存在するだけで瘴気をまき散らし、周囲を不幸のどん底へ陥(おとしい)れるという。

その瘴気が明確に縁侍君を襲い、腕だけに凝集(ぎょうしゅう)している。

もしかしたら、瘴気が体内まで浸透しているのかもしれない。

「こ、こんなもの……！」

縁侍君はダメージを無視して再び刀を構えた。

きっと痛いだろうに、それを我慢して戦う気迫が伝わってくる。そんな覚悟があるなら撤退する勇気を持ってほしい！

一方妖怪も、何もしていなかったわけではない。

クラゲの体から瘴気が滲みだし、斬られた体が再生していく。

せっかく与えたダメージが消えてしまったのだろうか。これは……勝てないのでは？

「縁侍君待って！　御守りか結界を――」

「はぁ――！」

俺の声が届いていない。慌てて簡易結界の札を飛ばすも、武士の踏み込みには敵わなかった。

縁侍君は疾風の如く駆け出し、クラゲの傘に刀を振り下ろす。

今度はクラゲも無抵抗ではなく、触手を使って迎撃してくる。

――するり
縁侍君はかつて見た独特な歩法で触手を掻い潜り、見事クラゲを斬りつけた。しかし、刀は確かに妖怪の体を通過したのにもかかわらず、ほんの小さな切り傷しかつけていなかった。

俺の位置からでは見逃してしまいそうなくらい小さな傷である。

間違いない、この妖怪は災害型だ。

災害型の特徴として、存在が霊体寄りであるため、物理的攻撃が通りにくい。

陰陽師の攻撃がよく効く反面、武士にとっては相性の悪い相手だ。

そして、奴らは人類を害する手段として、主に直接攻撃ではなく間接攻撃を用いる。

「うぁあああ！」

先ほどの焼き直しだ。妖怪の周囲に満ちていた黒い霧が右腕にまとわりつき、縁侍君が呻き声を上げる。

なんで同じミス繰り返してるんだよ。

縁侍君は後ろに跳んで妖怪から距離を取ると、ついに堪えきれなくなったのか、膝から崩れ落ちてしまった。

「内気を練ってるのに……あっぐぅぅ」

瘴気による影響は浴びた時間や濃度、妖怪によっても異なる。

軽度ならしばらく不運に見舞われる程度で済むし、深刻な場合は死に至る。

おんみょーじチャンネルでもアバウトにしか語られていなかったが、濃厚な瘴気は即座に人体へ悪影響を及ぼすこともあるとか。

縁侍君の腕がどうなっているのか、ここからでは確認できない。

ただ、もう一度立ち上がる気力はないように見えた。

既に飛ばしていた結界の札を縁侍君の周りに設置し、とりあえず妖怪の追撃から彼を守る。

「う……ぅぅぅ………」

縁侍君が嗚咽を漏らしている。

涙を見せたがらない男の子が戦闘中にすすり泣くほどの痛み、よほどひどい状態なのかもしれない。

早く医者の下へ連れて行かないと！

「縁侍君、そのまま向こう側から逃げて！　こっちはこっちで逃げるから！」

とにかく離脱、それしかない。

既に妖怪の横を通り過ぎた縁侍君にはこのまま階段を下りてもらう。

俺達の退路は後ろだ。

「純恋ちゃん、逃げるよ」

「あ……あぁ……」

純恋ちゃんは俺の隣で地べたに座り込んでいた。体が小刻みに震え、何かに縋るように自らの肩を抱きしめている。

なんだ、何があった。俺が気づかないうちに攻撃を受けていたのか？

「立てる？」

「むり……」

いつもの明るい純恋ちゃんはどこへ行った。

もしかして、妖怪が怖いとか、兄の苦しむ姿を見て悲しくなったとか？

腕を引っ張って立たせようとしても、腰が抜けて力が入らないようだ。

　これでは逃げられない。
縁侍君の方も未だに腕を押さえて膝をついている。俺の指示を聞いて逃げ出す様子は見えない。
　どうする、どうする、どうする
逃げよう
でも、二人を守らないと
助けを呼ぼう
大人はどこにいる
探す時間はない
自分だけでも助かるべきだ
純恋ちゃんと縁侍君二人を連れて行けるか
無理だ、触手の動きは思ったより速い
妖怪が縁侍君に近づいていく
ここにいたら瘴気に触れてしまう
早く逃げよう
やっぱり見捨てられない
じゃあ戦え
そんなの危険だ

逃げるしかない
でも……

ハァ　ハァ　ハァ
駆け巡る思考に脳が酸素を求めている。

すべきことはいくつも思い浮かぶのに、どれを選ぶべきか判断できない。

しかし、無情にもタイムリミットは刻一刻と迫っている。

三人で無事生き残るには、俺の身を危険に晒さなければならない。

いったいどうすれば——いてっ。

ふいに足元で鋭い痛みが生じた。

夜闇に紛れて何か小さい動物がチョロチョロ逃げ去っていく。

「何を悩んでたんだ、俺は」

痛みをきっかけに思考の渦（うず）から抜け出したことで、我に返った。

そうだ、初めから俺の答えは決まっていた。

二人を見捨てれば生き残れるが、御剣家（みつるぎけ）に俺の居場所はなくなるだろう。

そもそも、二人は部外者の俺を受け入れてくれた優しい子供だぞ。彼らを見殺しにしたとあっては、二度目の人生胸を張って生きていけない。

だんだん思考がクリアになっていく。

自分の背中が冷や汗でびっしょりなことに今更気づいた。

何かがおかしい。

そもそもこんなに悩むようなことじゃないだろ。

つい先ほどまで気づかなかった違和感に気づけたが、今はその原因を究明する暇はない。

敵が縁侍君のすぐそばに迫っている。

「来るな！　こっちに来るな！」

足は動くのだからさっさと逃げればいいのに、縁侍君は刀を振り回すばかり。

月明かりの下で見学させてもらった、あの美しい太刀筋が嘘のように乱れている。

やはり、妖怪の周囲にいるだけでなんらかの精神攻撃を受けるようだ。

純恋ちゃんが腰を抜かした時点で気がつくべきだった。

「縁侍君、全力で逃げて！」

ダメだ、やっぱり声が届いていない。

これも妖怪の仕業か？

とりあえず安全を確保するため、縁侍君に続いて純恋ちゃんの足元にも札を貼る。

三枚のお札で形成する簡易結界を張れば、妖怪の攻撃から二人を守れる。

俺の結界の強度については大人達からお墨付きを頂いているし、二人が即殺されることはないだろう。

「純恋ちゃん、ここで待ってて。お兄さんを連れてくるから」

やるべきことは決まった。なら、ここにいては純恋ちゃんを巻き込んでしまう。

俺は意を決して広場に足を踏み出した。

妖怪の意識がこちらに向くのを感じる。

不意打ち訓練用に用意しておいた簡易結界の札は、予備を含めて二回分だけ。

この場で一番無防備な人間は俺ということになる。さすが妖怪、いやらしい戦い方をしやがる。

自分の身は自分で守るしかない。

まぁ、幸い奴の移動速度はかなり遅いし、大丈夫だ。

〝逃げる〟

この方針に変更はない。

二人を守りながら戦うなんて危険すぎる。

何より自信がない。

妖怪の攻撃を防ぎつつ二人を確保した後、この場は逃げて、大人達による確実な勝利を期待するべきだ。

俺は懐(ふところ)から札を取り出し――。

「うわっ！」

俺が思考している間も、敵は待ってくれない。

傘がボフンと膨らみ、一際大きく拍動すると、縁侍君の腕を襲ったときと同じ濃さの瘴気が辺りに撒き散らされる。

撒き散らされた瘴気は瞬時にクラゲ妖怪の触手に集まり、六本の毒手となった。

その矛先は当然俺である。

のんびりした本体の動きに反して、触手の動きは素早い。

思わず声が出てしまった俺は、この時点で回避不可能であると判断していた。

「ひっ、聖、よけろ！」

そんな雑な指示、実行できるわけないだろ！

縁侍君の精一杯の援護は無駄に終わった。

横っ飛び回避をしようと身構えていたのだが、いざとなると体は動いてくれない。

前世含めて戦闘経験どころか喧嘩すらしたこともない小学一年生が、華麗に攻撃を避けるなんて最初から無理な話だったのだ。

にゅるり
しかし、生存本能とはかくも偉大なり。

咄嗟に動いてくれない体の代わりに、触手が動いてくれた。

目には目を、歯には歯を、触手には触手を。

蜘蛛男よろしく、右手から伸ばした触手は近くの木に巻きつき、急速に俺の体を引き寄せる。

「——ひぃ」

二本の毒手は地面に突き刺さったが、残り四本は軌道を変えて追いかけてくる。

触手によって樹上へ引き上げられている俺の股下を、毒手が次々と通り抜けていく。

あれが我が息子に当たったら峡部家断絶にリーチがかかってしまう。

なんとも心臓に悪い光景だった。

ターン制バトルではないが、敵の攻撃を避けきったことで余裕が生まれた。

次はこっちのターン。

俺は回避中に取り落とした捻転殺之札を惜しみつつ、次の札を取り出す。

触手で木にぶら下がったままの俺は、札に第陸精錬霊素を込めようとして固まった。

(まだこっちのターン終わってないのに!)

ちょっと目を離した隙に、毒手第二弾がこちらへ向かって放たれようとしている。

焦った俺は充塡に時間のかかる第陸精錬霊素を諦め、慣れ親しんだ霊素を札にしこたまぶち込んだ。

慌てて飛ばした札は過去最高スピードで妖怪にぶつかり、闇夜に紅蓮の華を咲かせる。

うわっ、取り出す札間違えた。

攻撃用で纏めておいたのは失敗だったか。

妖怪の属性はおそらく〝水〟。焔之札では相性が悪い。

予備の捻転殺之札を取り出したつもりが、暗くて見間違えてしまったようだ。
とはいえ、この攻撃は牽制目的である。
本命は縁侍君の回収、その後純恋ちゃんと合流しての撤退が真の狙い。
妖怪が多少隙を見せてくれればそれで……。
うん？
ドロドロドロ
そんなオノマトペが見えそうなくらい、妖怪の体が溶け落ちている。
俺が木から飛び降りて隙を晒したというのに、一向に攻撃してこない。
え、もしかして、結構効いてる？
俺は妖怪を注視しつつ、縁侍君の下へ駆け寄った。
「縁侍君、逃げるよ」
「えっ、あっ……」
結界の札を素早く回収し、妖怪を迂回するように走る。
いざ敵の攻撃が来れば簡易結界の札を再利用して一時的に凌ぐつもりだ。
……つもりだったのだが、一向に妖怪が動き出さない。
さっきから傘を膨らませようとして失敗するような挙動を見せている。
じわじわ体が再生していくあたり、戦闘を継続するだけの力は残っているようだ。
念には念を入れて警戒を怠らず、大回りして純恋ちゃんの下へ辿り着いた。

「純恋ちゃん、こっちに来て」

「た、立てないよぉ」

「縁侍君、背負ってあげて。攻撃が来たら俺が防ぐから」

「あ、あぁ、うん」

そんなやりとりをしている間に、妖怪は元の体を取り戻していた。

もっとも、纏っている黒い霧はだいぶ薄れているようだが。

もしかして、あと一撃で倒せる？

俺の攻撃、かなり効いてるよな。

ここにきて欲が出てしまった。

俺は結界の札を左手にまとめ、懐から一枚札を取り出す。

選んだのは、一度効いた実績のある焔之札の予備だ。

霊素で十分効いていた。なら、これでとどめを刺せるのでは？

札に込めるは第肆精錬——融合霊素。

その名の通り第参精錬霊素に圧力をかけて融合させた霊素。

第参精錬霊素よりも重くなる分、第肆精錬以降は体内操作に時間がかかるが、その分だけ威力は跳ね上がる。

後ろを確認すれば、縁侍君は妹を背負って階段を上っており、既に妖怪の魔の手から逃れている。

俺も触手が届かない距離を確保した。簡易結界を盾にいつでも逃げ出せる。

しかも相手は弱っており、俺の攻撃は通用するようだ。

今この時、俺にとって都合の良い条件が揃っていた。

――力試しさせてもらおうか。

簡易結界への打ち込み然り、不意打ち然り、御剣家に来てからというもの、ずっと力を試されてばかりだった。

今度は俺が試す番だ。

コンマ数秒を争う戦闘において、融合霊素の充塡時間は長すぎる。

その間、敵も同様に攻撃の準備を始めていた。

傘を何度も膨らませ、濃密な瘴気を大量に吐き出している。

死に際の大技か。

濃密な瘴気は触手によって一点に凝集し、今まさに撃ち出され――ようとしたところで、俺の札が妖怪の傘に貼りついた。

ターン制バトルじゃないんだ、撃たせるわけないだろ。

――――!!

爆発するように札から炎が溢れ出し、一瞬で妖怪を包みこむ。

やはり、効果はてきめんだった。

妖怪は弾かれたピンボールのような挙動で炎から逃れようとしている。先ほどまでの

のんびりとした動きが嘘のようだ。

瘴気の塊も霧散し、体の大半が溶け落ちた頃、妖怪はついに動きを止めた。

まだ油断しないぞ！

最後に自爆する可能性だって考えられる。

簡易結界の札を構えつつ、俺は後ろに下がる。

注視する先で、クラゲが海流に身を任せるように力なく宙を漂い、勢いを失った炎と共に闇へ溶けて消えていった。

「勝っ……た……？」

いやいや、まだ油断するな。

俺は脅威度3以上の妖怪が退治される瞬間を直接見たことがない。

本当に妖怪は退治されたのか？

もしかしたら姿を晦ましただけで、背後から不意打ちの機会を狙っているんじゃないか？

考えれば考えるほど今の状況は安心できない。

とにかく、まずは護衛対象と合流した方がよさそうだ。

「あれ、縁侍君なんでまだそこにいるの。早く大人達の所に逃げないと」

「いや……だって……」

今更ながら、二人には戦うところを見られちゃったな。思わず触手も使ってしまった。

まぁ、問題ないか。

札は親父が職場で使ってるし、触手は霊感があっても見えないし。

重要人物に恩を売れたと思えば安い対価だ。

なにより、子供を見捨てるなんて大人のすることじゃない。

「帰ろう」

「「…………」」

二人とも怖い思いをして疲れたのか、道中無言のままだった。

縁侍君に至っては瘴気に呑まれた右腕が力なくぶら下がっており、片腕で妹を背負っている。

俺は俺で周辺警戒するのに手一杯だから、もう少し頑張ってもらおう。

というか、そろそろ大人達も俺らを保護しにきてくれてもいいんじゃないかと思うのだが。

アラームも鳴ったから、妖怪発生の情報自体は周知されているわけだし。

――――!!

「爆発？」

あと少しで母屋に着くと気を抜いたところで、目的地の方から爆発音が鳴り響いた。

第十五話　御剣の夜明け

――――!!

「「うぉぉぉおおお！」」

母屋の方から爆発音が鳴り響き、続いて男達の雄叫びがこだまする。

御剣兄妹と顔を見合わせた俺は、揃って山を駆け下りていく。

すると、解散したはずの大人達が庭先に集まり、物々しい空気を纏っているのが見て取れた。

俺達を救助するために集合したわけじゃなさそうだ。

理由は……あれか。

大人達の輪の中心には黒い熊のようなものが横たわっている。

恐らく妖怪だろう。近づいて初めて気づいたが、クラゲ妖怪と似たような不快な空気を放っている。

俺の見ている前で熊妖怪の体は塵のように崩れ落ち、夏の夜の風に乗って消えてしまった。

同時発生した妖怪の対処に追われていたから、俺達の所にいつまで経っても救援が来なかったのか。なんという不運。

「聖！」

勝鬨を上げる集団から飛び出してきたのは親父だった。

俺の下へ駆け寄るなり険しい顔で肩を摑み、全身くまなく視線を走らせる。

「怪我はないな」

「うん、僕は平気。でも縁侍君の腕に瘴気が」

「知っている。二人とも先生のところへ。お前も後で先生に診てもらう」

保護された縁侍君と純恋ちゃんは大人に背負われ、ビルの医療施設へ向かった。

ふぅ、これで一安心かな。

もう俺が気を張る必要はないだろう。

ところで……親父今なんて言った？　知っている？

「なんで縁侍君の怪我を知ってるの？」

「見ていたからだ」

親父曰く、俺達が妖怪に出くわした直後から式神を通して観察していたらしい。

夜勤で周辺にネズミを放っていた親父は、警報が鳴ってすぐに動いていたようだ。

あの時俺の足を嚙んだ小動物らしき影は親父の式神だったのか。

ならなんで、すぐ助けに来てくれなかったんだよ。

「御剣様が向かわれたから問題ないと判断した。まさか戦わせるとは思わなかったが……」

「手を貸すまでもないと判断した。それだけのことだ」

後ろから聞こえた声に振り返れば、夜闇の中からぬっと姿を現す御剣様がいて、その肩にはネズミ型の式神が乗っていた。

不意打ちされるたびに予想していたが、やっぱり御剣家には「気配を殺す」とかそういう謎技術があるようだ。

「実際、無事に帰ってきたであろう」

「縁侍君が怪我をしましたよ。瘴気が蓄積したら穢れになるかもしれません」

「あの程度問題ない。吾郎に診せればすぐ治る。診せずとも、いずれ自力で治せる。その程度もできずに武士は名乗れん」

俺が霊力研究に充てるはずだった時間を投資してまで訓練に参加した理由こそ、内気最大の恩恵――穢れや呪いを打ち消してくれる効果だ。

十全に内気を扱えるようになった者は、軽度の穢れや呪いくらいなら、自力で打ち払うことができる。

だからこそ、妖怪との戦いにおいて武士が前衛を務めてくれる。陰陽師も耐性はあるが、武士とは比べ物にならないし、自力で治すこともかなわない。

御剣家の医師が優秀とされる理由は、その技術に加えて医療知識を駆使した高度な治療を行えるからだ。

強敵との戦闘は長時間にわたる。

最前線で戦う者は当然、瘴気を溜め込むことになるため、自己治癒可能な武士の存在が欠かせない。

後衛の陰陽師だって少しずつ瘴気が蓄積し、やがて穢れとなれば、治療を受けたとしても一生不幸と付き合うことになる。

行き着く先は当然、死。

今世の祖父母の末路を思えば、穢れへの対抗策を求めるのは当然の判断だ。

ゆえに、内気のエリートである縁侍君は間違いなく治してもらえるだろう。

とはいえ、子供が怪我をするところを黙って見ているなんて……気分が悪い。

「治るからって、孫を守らなくていい理由にはなりません」

危険な目に遭わせたうえ、あまつさえ怪我までさせるとは、大人としての責任を果たせていないのでは？

「はっはっは！　戦った自分よりも縁侍達の身を案じるか。はっはっは！　はーっはっは！」

なにわろとんねん。

ひとしきり笑った御剣様はそのことを謝罪した後、孫を守って戦ってくれたことに感謝の言葉を紡いだ。

そのうえで、今回の傍観(ぼうかん)の理由を説明する。

「お主にはまだ理解できぬかもしれんが、厳しくすることでしか与えられぬ愛情というものが、この世にはある。御剣の武士となるにはいくつか超えねばならん試練があるのだ。今回の状況は都合が良かった故(ゆえ)、利用した。ただ、部外者のお主を巻き込んでしまったことは詫(わ)びよう」

愛ゆえに厳しくする。

それはまぁ、理解できる。

子供の将来を案じるからこそ、親が子供に厳しく接する場面もあるだろう。

その理屈は理解できるんだ。

でも、納得はできない。

可愛(かわい)い孫を千尋(せんじん)の谷に突き落とすなんて……。

「峡部家(きょうぶけ)には峡部家の、御剣家には御剣家のやり方がある。お主がいずれ家を継ぐ時には、その意味も自(おの)ずと理解できよう」

「御剣様、そのお考えは理解できますが、聖を巻き込んだことについては後ほどお話しさせてください」

抗議する親父もまた、御剣様の言葉に一定の理解を示している。

立場が人を育てるというが、子の親になると考えも変わるのだろうか。

だとしたら、今の俺には理解できない考えなのだろうな。

「考えなしに巻き込んだわけではない。これも訓練の一環だ。瘴気に触れて内気が活発化したのではないか」

……え、いつ？　いつ活発化したの？

「……これでもダメだったか」

やめて。俺以上に残念そうな顔するのやめて。

この日は結局、二体同時発生した妖怪を退治したということで解散になった。

縁侍君達の治療が終わった後、吾郎先生に瘴気の残留はないと診断していただき、一先ず安心である。

全てが終わる頃には丑三つ時になっていた。

「疲れた」

「ゆっくり休みなさい」

親父の部屋に戻った俺は精神的疲労で泥のように眠りについた。

翌日の朝、目が覚めた俺は改めて実感が湧いてきた。

「い、生きててよかった～」

治療を終えた縁侍は、念の為一晩病室で過ごすこととなった。

ベッドの上で体育座りをする彼は、顔を埋めたまま動く様子がない。

その傍に遠慮なく腰を下ろしたのは、後処理を息子に任せて孫の見舞いに来た縁武である。

無言のまま時が流れる。

時計の長針が一周する頃、腕を組んで瞑目していた縁武がその静寂を破った。

「瘴気によって戦意を失い、穢れによって肉が腐り落ちようとも、儂らは戦い続けなければならん。護るべきもののため、死を目前にして立ち上がることができるか否か、それが真の武士の素養だ。それがどれほど困難なことか、今のお主ならばわかるな」

その問いに、縁侍は沈黙で返した。

軽々しく言葉になんてできない。

彼の沈鬱な顔がそう物語っている。

「今はそれで良い。だが、朝日も、儂も、御先祖様も、皆乗り越えてきた試練だ。しっかり向き合うように」

五分、十分、三十分、孫の思考がまとまるのを待つ。

普段ならば言いたいことを言ってすぐにその場を去ってしまう縁武だが、この日ばかりは違った。

「なんで、あいつは……」

「妖怪と距離があったおかげで、瘴気の影響が小さかった。強のお節介はあったが、あとは本人の意志の強さだ。お主らを守るために、覚悟を決めたのだろう」

「じゃあ、俺は……」

「陰気の拡散は瘴気よりも広範囲に及ぶ。油断して内気の練りが甘い間に付け込まれたな。敵の姿が見えた頃には既に術中よ。思考が鈍化した状態で瘴気の中に飛び込めば、呑み込まれて当然。戦う前にしっかり対策を行うべし、そう教えておいたはずだ」

「妖怪は……」

「脅威度で言うならば4のなかでも下の下だ。特異な攻撃も見られなかった。いや、それは防戦一方だったからやもしれんが、瘴気の濃度がとにかく低い。範囲も極小。その程度の怪我で済んでいるのだから察しておるだろう」

縁侍は自らの右腕を掴む手に力が入った。戦闘中に感じた痺れるような痛みが、一瞬蘇ったような気がして。

医師の適切な治療により、完治しているのだから気のせいでしかない。

しかし、あの時の身を蝕むような絶望は忘れられそうになかった。

「己の実力を正確に把握することは戦いにおいて重要だ。そして、己の無力さを知り、さらに精進する。儂や朝日が訓練を怠らない理由がわかったか」

孫がどんな気持ちで訓練に臨んでいるのか、祖父にはお見通しである。

図星を突かれた縁侍がどんな感情を抱いているのかも、どんな言葉を贈ればやる気が出るのかも……。

「真の強者は何をせずとも、自ずと風格に表れるものだ。背中で語る男になれ。……モテるぞ」

縁武は最後にそんな言葉を残して病室を去った。

既に空は白み始めていた。

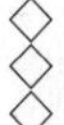

そして翌日から、訓練に真剣に臨む縁侍の姿が見られるようになった。

既にマスターしていると思っていた内気の訓練でも、手を抜くことはない。

「あっ、今の感覚」

「若、また成長しましたね。その感覚を覚えておいてください」

「うん。もっと強くならないと」

次代の御剣の後継者は先代の激励に行動で応えた。

祖父から贈られた言葉のうち、どれが切っ掛けになったのかは……本人のみぞ知る。

第十六話　陰陽師見習いの本気

御剣家に滞在する最後の日。

今日はちょうど満月の夜だった。

浴びるとほんの僅かに霊力が上がる満月の光は、陰陽師にとって貴重な強化手段。

そんな月光を余すことなくたっぷり浴びるため、満月の夜は外で夕食を食べるそうな。

会場は記憶に新しい御剣護山の中腹にある広場。

俺が予想した通りの用途で使われていたようだ。

山頂を挟んで反対に位置するこの場所は、俺達が妖怪と戦った場所と同じ造りなので、なんとも落ち着かない。どこかからクラゲ妖怪の触手が伸びてくるんじゃないか、そんな気がしてしまう。

大人達を中心に、慣れた様子で宴会の準備は進んでいく。

地面へ描かれた巨大な月光浴の陣の上に同サイズのビニールシートが敷かれ、重箱に詰められた料理と座布団が並べられた。

「「いただきます」」

あっという間に準備が整い、お月見ディナーが始まった。

ただし、花より団子ならぬ月より団子。

つい先日、この辺りで妖怪が二体も発生したというのに、大人達は全力でお酒と食事を楽しんでいる。この土地は妖怪がよく出るとは聞いていたが、日常茶飯事なのだろうか。

まぁ、その雰囲気につられて子供達も元気を取り戻したことだし、良いことだ。

肝試しで俺より先に出発した子供達は、運の良いことにクラゲ妖怪発生前に肝試しを終え、熊妖怪襲撃の前に大人達に保護されていた。

縁侍君と純恋ちゃんも治療を受け、翌日には母屋へ戻ってきている。

全員無事でなにより。

唯一妖怪が残した爪痕として、陰気に触れてしまった子供達は普段より少しだけ大人しい一日を過ごした。

それでもさすがは武士の卵、今では元気にご飯をほおばっている。もう心配する必要はなさそうだ。

俺は紙コップ片手に席を移動しながら、親父に付き添われてこの夏お世話になった人達へ挨拶回りをした。

「次の土日も来るか？」

「聖君だって休みの日は遊びたいだろ」

「次来るまでに、また面白い話集めておくから、楽しみにしててな」

滞在最終日とはいえ、またいつでも来ていいと御剣様に許可をもらっているので、大人達は普段と変わらず話しかけてくる。

次の長期休暇――冬休みにでもお邪魔しようかな。

一方、低学年組はクラスメイトの引っ越しくらいしんみりとした雰囲気になっていた。

特に男子が。

「ひじり、なんで帰っちゃうの」

「ひじりもこっち住もうよ」

大人にとっては半年程度あっという間に過ぎ去るが、子供達にとっては長すぎるのかもしれない。

それに対して、高学年組はさっぱりしたものだ。

「お前ら無茶言うな。聖が困ってる。今度来たら、また遊ぼう」

「家でも訓練しなさいよ。続けることが大事って先生も言ってるから」

「大変だけど……頑張ってね」

いい笑顔と共にそんな言葉を送ってくれた。

さて、挨拶回りも順調に進み、残るは御剣家の皆様だけ。

まずは一番お世話になった縁侍君のところへ向かおうと歩き出したところで、御剣様から声が掛かった。

「見学の最後には必ず、面談の時間を作っておる。強、息子を借りるぞ」

隣にいた親父の方を窺うと「行きなさい」と背中を押された。

宴会の輪から抜け出し、黙々と歩く御剣様の背中を追う。

あれ、広場の外まで行くのか。

どこまで行くんだろう、そう思っているうちに山を下りきってしまった。

そして、そのまま母屋のある隣山を登り始め、ついに見慣れた建物が見えてくる。

「母屋ではない。こっちだ」

てっきり、母屋にある御剣様の仕事部屋で話すのかと思っていたが、違ったようだ。

「道場で何をするんですか？」

「なに、ちょっとした力試しだ」

道場の中は行燈に照らされ、どこか神妙な雰囲気に満ちている。

先ほどまでいた広場の喧騒と打って変わって、虫達の合唱が微かに聞こえるだけ。

力試しか……結局この夏で内気習得はできなかったんだけど、何をどう試すのやら。

内心首を傾げていると、道場の中心で足を止めた御剣様がこちらへ振り返り、問いを投げかけてきた。

「お主、ここへ来てから今日まで、一度も本気を出していないな？」

……？

わりと全力出してましたが？

「頑張って走りましたよ」

「そちらではない。陰陽術の方だ。お主、最初から最後まで出し惜しみしておったな。結界に罅が入っても悔しそうな顔一つせず、儂の不意打ちで破壊されても常に余裕を隠していた。決め手は妖怪との戦いで見せた火力の高さ。まともな戦闘はあれが初めてと聞いたが、それでなお余裕の色をちらつかせるとは、いったい何を隠している」

おいおい、武士って人間観察も得意なのか？

こういう技能は歳を取っても身につくとは限らない。少なくとも俺は習得できなかった。天は二物を与えるのか。

「何故手を抜いた。強に命令されたのか」

「それもあります。でも、僕がそうした方が良いと考えたから、そうしたんです」

峡部家の秘術になるかもしれない陰陽術の数々、多数の目がある場で披露するのは不用心すぎる。

見たところで盗める技術ではないが、念の為。

「口調こそ子供だが、お主と話していると、どうも級友と話しているような気になるわ。家の秘密を隠そうとでもしておるのか？」

この人もうヤダ。

俺の心の声を盗み聞きしてきやがる。

ずっと話してたら転生者だってバレるんじゃないか？

「お主の本気を見てみたい」

最初から御剣様の要求はそれだけのようだ。

本気……本気ねぇ……。

「お父さんに相談しないと」

「強には話を通してある。お主の判断に任せると言っておった。『自分では説明できない、その力は息子のものである』と」

親父公認かよ。あぁ、背中を押したのはそういうことか。

俺が発見した技術ではあるけど……家の進退に関わるかもしれない重要事項を子供に任せるな！

「ここで見たことは全て儂一人の胸にしまっておく。天照大御神と武士の誇りに誓おう。これでどうだ、見せてみろ」

御剣様の顔を見るに、その言葉に嘘はないだろう。

その為にわざわざ人気のない道場まで場所を移してくれたのだろうし。

先日の妖怪戦をはじめ、なんならこれからもお世話になるであろう御剣家相手に、いつまでも力を隠し通せるとは俺も思っていない。

本気をご所望ということは、峡部家の秘術となる予定の精錬霊素を使うということ。

その存在がむやみやたらに拡散することは避けたかった。

懸念がなくなったのは良いが、だからといって作成コストのかかる精錬霊素を使うことに変わりはない。

「何かご褒美ください」

「まったく、可愛げのない。勉強熱心なお主へ利を示すなら……御剣家の奥義をひとつ見せてやろう」

ほぅ、それはぜひとも見てみたい。

約一ヶ月間訓練しても内気を微塵も感じ取れなかったが、武家の切り札がどんなものか、見るだけでも勉強になる。

ただ、せっかく子供相手と侮らず交渉しようとしてくれているのだ。

とりあえず報酬は吹っ掛けて、そこからちょうど良い塩梅を探ってみたい。

こういうやり取りにワクワクするのも、理由の一つだが。

「どうだ、共に戦う仲間達ですら滅多に見られない奥義なら、お主のやる気も出るだろう」

「もう一個。いつか必要になった時、神の祝福を受けた道具を融通していただけませんか？」

「我が家でも簡単に手に入るわけではないが……良いだろう」

お、おぅ、まさか本当にこの条件を呑んでもらえるとは。

ここまで高い報酬を用意されると逆に狙いが気になってくる。

「なぜ、そんなに僕の本気を見たいのですか？」

「確かめたいのだ」

何を？

俺はそのまま問うた。

「西の陰陽師の信じる道が真実か否か」

また含みのある言い方をする。

西っていうと西日本、関西陰陽師会のことか？　それとも西洋？

信じる道って、具体的には何を示すのやら。

「どういう意味ですか？」

「まだお主には話せん。口外するなと言われとる」

そう指示したのは西の陰陽師とやらか、はたまた御剣家よりも上の権力を持つ者か。

なんだか聞いてはいけない裏の世界を覗いているみたいでワクワクする。気になるなあ。

でも、好奇心は猫をも殺すというし、下手に首を突っ込むべきではないか。

「さて、お喋りはここまでだ。あまり遅くなっては強も心配する。――お主の本気を見せてみろ」

契約はここに結ばれた。

形式は結界と刀による矛盾対決。

初日と同様、カウントダウンは唐突に始まる。

「拾……玖……捌……」

俺は懐から結界の札を取り出す。

御剣家の奥義に加え、祝福の道具購入権という破格の報酬を用意してくれたのだ。

ならばこれは命令ではなく、取引である。

俺も相手の要望に応えねばなるまい。

「漆……陸……伍……」

札に込めるは第陸精錬——宝玉霊素。

この精錬方法を見つけてから早六年、工夫に工夫を重ね、精錬スピードは当時の数倍となり、今ではそこそこストックを増やしている。

札に注げるだけ注いでも、まだまだ残っているくらいだ。

「むっ……参……………」

残り二秒、道場を静寂が支配する。

俺は丁寧に札を設置し、結界に包まれ、準備完了。後はカウントダウンの終わりを待つだけだ。

今更ながら、御剣家の奥義とはこんな建物の中で使っていい代物なのだろうか。

真剣を大上段に構えた御剣様が、瞑目したまま動きを止めた。

まるで彫刻のように微動だにしないその姿に、俺は何故か恐怖を覚えた。

今、カウントダウンが——終わる。

　――――！

次の瞬間、ほのかに光を纏った刀が俺の目の前で止まっていた。

音はなかった。

動きもなかった。

予兆すらなかった。

ただ、いつのまにか刀が振り下ろされ、俺の結界と衝突していた。

結果を目の当たりにした今になって、頭の中に耳鳴りが響きだす。

行燈の明かりが遅れてチラついた。

しばし身動きすら憚られるような空気となり、俺は目だけを動かして結界を確認する。

（おっ、おぉ！　傷一つついてない。勝った！）

普段の練習と違い、衝突音も何もなかったせいでいまいち実感が湧かない。

さっきのあれが、御剣家の奥義なのだろうか。

「御剣家奥義――〝御剣〟――家の名を冠する、正真正銘の奥義。それがまさか、童の簡易結界如きに止められるとは思いもよらなんだ」

残心を解いた御剣様の声音には悔しさが滲むも、なぜか楽しそうでもあった。

「そうかそうか、朝日と縁侍はとんでもない時代に生まれたものだ。くっくっく、あーはっはっはっはっは！」

なんか一人で納得して一人で笑ってる。

ちょっと床を調べてもいいですかね。御剣がどんな技だったのか調査したいので。

「報酬は先の通り、祝福の品が必要となれば強を通じて連絡を寄こせ。さて、宴会に戻るとしよう。行くぞ」

「あっ、はい」

さすがに奥義の秘密を探らせてはくれないか。

俺は床の札を拾い、御剣様の後を追って親父達の下へ戻るのだった。

第十七話　密談

御剣家現当主――御剣朝日が顔を上げると、執務室の襖が豪快に開かれた。

「朝日、入るぞ」

誰が来たのかは姿を見なくてもわかる。

御剣家先代当主、御剣縁武が慣れた様子で部屋へ入って来た。

「返事をしてから入ってくれ。……どうした、親父」

何度言っても改めない父親に、朝日は小さくため息をつく。

先代当主は『少し前まで使っていた部屋だから』と言い訳し、代替わりしても自分の部屋のように訪れる。

これといって隠し事はないが、いくつになっても父親が突然部屋に来たら息子は落ち着かないものだ。

今回は何の用件で訪れたのかと問えば、座布団の上で胡坐をかいた縁武が端的に答える。

「例の件、進めて構わん」

朝日は一瞬、何を言われたのか理解できなかった。

それは先代当主からずっと引き出そうとしていた言葉であり、今日この場で聞くことになるとは全く予想していなかった言葉でもある。

「……どういった心変わりで？　頑なに反対していたが」

「何、奴らの話が真実だった。それだけのことよ」

彼らの話を聞いても半信半疑だった父親が心変わりするような理由は一つしかない。

――計画のカギとなる人物が見つかったのだ。

その人物にも心当たりがある。

ここ数週間御剣家に泊まり、初日に挨拶をしたあの子供。

「では、強の息子が？」

縁武は迷いなく首を縦に振った。

それは人物眼に優れた父親が確信を得たという証拠だ。

朝日にとっては悲しいことに、自分よりも父親の判断の方が正しいことが多く、賛同を得られた喜びより安堵の方が大きかった。

あの計画に賛同した自分の判断は間違っていなかった、と。

「儂はてっきり、安倍家の嫡男がそれだと思っておったが、どうも違うようだ。あれとは格が違う」

「その根拠は」

「それは言えぬ。そういう約束だ」

縁武が約束を破ることは決してない。

当然、朝日は父親の性格をよく知っている。

言えないというなら、死ぬまで口にすることはないだろう。

「ただ、峡部聖が祝福の品を求めてきたら、融通してやれ。助力を求めてきたら、できる限り便宜を図るように」

しかし、それはそれ、これはこれ。

御剣家を背負う者として、約束の範疇で賢く立ち回る程度のことはできて当然である。

「それはまた随分と……いや、なるほど、それだけの力を……」

祝福の品は言うまでもなく貴重な品だ。

御剣家ほどの大家でも入手できる数は限られている。

それを峡部家ではなく小学一年生の子供個人へ融通し、そのうえ助力さえ厭わない。

御剣家という武家の中でもトップクラスの戦力と権力を持つ御家の〝助力〟がどれほどの価値を持つか……日本中の権力者が欲してやまない力である。

「ただし、西の奴らに峡部の情報は流すな」

続く指示に朝日は耳を疑う。

言外に示されたキーパーソンの実力に高揚感を覚えていた彼には、父親の意図が理解できなかった。

「なぜ？　せっかく見つけたというのに、それでは先ほどの言葉と矛盾する」

「あれは下手に手を貸すよりも、自分で道を切り拓いたほうが強くなるタイプだ。西の介入があると、厄介なことになる。奴らは理想という概念に、ちと取り憑かれすぎとる。お前も含めてな。もう少し聖が大きくなってから、それとなく教えれば良かろう」

父親ほどの才覚を得られなかった朝日には、この指示が飲み込めなかった。正確には、言葉の意味は理解できても、心が納得していなかった。

それでも、御剣家現当主として正しい判断をすべきだと心得ている。

「……。それは、いつもの勘か？」

「そうだ。経験則でもある」

「……わかった。そうする」

朝日は父親ほどの才覚とカリスマ性を持っていないが、己の凡才を自覚するという、無知の知を学んだ者ゆえの強さを持っていた。

縁武の勘はよく当たる。今回はそれに従うことにした。

今後の御剣家の行動方針を相談するなかで、縁武はふと思い出したように言う。

「聖が強くなれそうな機会があれば積極的に斡旋してやれ」

「介入するのはマズいんじゃなかったのか」

天才の考えを完全には理解できない為、縁武の二転三転する思考に振り回されてしまう。

それは当主交代の折、次期当主として指導を受けている時から変わらなかった。

「何事にも切っ掛けというのが必要だ。強は過保護にすぎる。多少試練に参加する機会を与えねば、せっかくの鳳凰も鳥籠の鳥になりかねん。それに……」

天才の思考は読めずとも、息子には次の台詞の予想がついていた。

「あれほどの逸材を利用しないのは人類にとって損失だ」

縁武の行動理念は常に一つ。

身内を、日本を、人類を、陰から守るため、密やかに活動すること。

その為ならば、あらゆるものを利用すべきである。

「相変わらずだな。わかった。今回は親父の勘に従うとしよう」

こうして、御剣家での密談は終わった。

聖の与り知らぬところで、日本の大きな歯車が回りだした。

とうとう家に帰る時が来た。

ここへ来た当初、この土地は俺にとって一日過ごして帰るだけのお出掛け先だった。

なのに、夏休みの大半を過ごし、いつの間にかこの土地に馴染んでしまった気がする。

もはや習慣化した早朝ランニングの先には、母屋の軒先で俺を待ち受ける御剣家の面々がいらっしゃった。

わざわざこんな時間に集まっていただけるとは、小学一年生のお見送りにしては過分なおもてなしである。

「長い間、お世話になりました」

ペコリとお辞儀をした俺に、御剣家の人々がお別れの挨拶をくれる。

「いつでも歓迎する。体を鍛えたくなったらいつでも来い。内気の稽古も付けてやる」

「その時は、またご飯食べていってね。聖君の好きな唐揚げ、たくさん作って待ってますから」

「うちの子達と仲良くしてくれてありがとうね」

「聖くん、またね！」

「また」

「うん、純恋ちゃんも百合華ちゃんもまたね。皆さんお世話になりました」

純恋ちゃん、思ったよりも大丈夫そうで安心した。

初めて妖怪と遭遇してトラウマになってないかと心配していたのだが、杞憂だったようだ。

彼女もまた、御剣の血を引いているということだろう。

それは彼も同じである。

「……ありがとな」

何が？　とは聞かない。

はっきり言わずとも、縁侍君の気持ちは十分伝わった。

気恥ずかしさと、悔しさと、感謝の気持ち。

素直になれない中学生男子を、俺は一度経験しているからな。

「うん。縁侍君も頑張ってね」

妖怪に負けたことがよっぽど悔しかったのか、病み上がりだというのに、今日も朝から自主練しているようだ。

右手にぶら下げた木刀と、額に浮かぶ汗が、彼の努力を物語っている。

縁侍君が前衛、俺が後衛、そんな最強タッグが結成される日も近いかもしれないな。

最後に、御剣家現当主、朝日様からお言葉を頂く。

「君ならばいつでも歓迎する。何か困ったことがあれば、いつでも力を貸そう」

え？　何この下にも置かない対応。

以前挨拶した時はもう少し素っ気なかった気がしたんだが……。

おいおい、本当に話してないんだよな？

約束は守ってくれてるよな？

「心配せずとも昨夜見たことは誰にも話しておらん。ただ、優秀な陰陽師の卵であるとだけ伝えた」

また心を読んできた御剣様が顔を近づけて囁く。いや、俺がわかりやすい顔をしているのだろうか。

精錬技術がバレるのではなく、陰陽師として有能ということだけが伝わるなら、むしろ好都合。御剣家とのコネクションを作るという、当初の目的を達成できたわけだ。願ったりかなったりである。

「まだ幼いが、妖怪を滅したお主は共に日の本を守る戦友の一人だ。いずれ肩を並べて戦う日が来るだろう。力を求めるならばいつでも来るがよい。歓迎しよう」

「はい。こちらこそよろしくお願いします」

これ以上ないほど友好的な関係を築き、俺は御剣家を後にするのだった。

第十八話　海の思い出

「お母さん、ただいま」

「お帰りなさい」

家に帰ると同時、お母様が万感(ばんかん)の思いを込めて抱きしめてくる。

こんなに長期間家を離れたのは今回が初めてだ。

ちょくちょく電話していたけれど、母親としては寂(さび)しかったのだろう。

「無事で良かった。怪我はしていませんか？」

なるほど、親父から妖怪の件を聞いていたのか。

それは心配にもなる。

お母様を安心させる為(ため)にも、俺は努(つと)めて明るく答えた。

「うん、元気だよ。お札(ふだ)ぶつけたらすぐに消えちゃった」

「怖かったでしょう？　無理していませんか？」

そう言ってお母様が頭を撫(な)でる。

普通の子供ならここで緊張の糸が切れて涙をこぼすのだろう。

しかし、大人の擦れた心を持つ俺には当てはまらない。

全く怖くなかったかというと、嘘になる。敵の触手が股下を通り過ぎた時、玉がヒュンとしたのは事実だが……それは秘密だ。

長男成分を補充したお母様は、ようやく俺を解放してくれた。

続けて、後ろに控えていた優也と再会の抱擁を果たす。

「お兄ちゃんおかえり」

「ただいま」

二人とも俺の帰りを心から喜んでくれている。

誰もいない部屋に帰るのが当たり前だった前世とは大違いだ。

場所をリビングに変えて、家族団欒を喜んでいると、お母様が俺をじっと見つめてくる。

何とも面映い。

「少し見ないうちに成長しましたね」

「一ケ月じゃそんなに変わらないよ」

成長著しい我が身だが、さすがに目に見えるほど変化はしない。

「いいえ、とっても成長していますよ。お父さんみたいな、頼もしい男性の顔です」

できればお母様寄りのイケメンに成長したかったです。

……顔の造形は冗談として、妖怪との戦闘を経て度胸がついたのかもしれない。

男子三日会わざれば刮目して見よ、とはこのことか。

「たくさん頑張りましたね。せっかくの夏休みも残りわずかですし、家族でどこかへ遊びに行きましょうか」

俺を労うため、お母様がそんな提案をしてくる。

しかし、子供にとっては長期休暇でも、大人にとってはただの平日と変わらない。

むしろ、暑過ぎて外に出るのが億劫なはず。

「ううん、家でゆっくりしよ」

「……そうですか。そうですね。ずっとお泊まりでしたから、聖もおうちでゆっくりしたいですよね」

どこか残念そうなお母様。

選択を誤ったか？

……ああ、そうか、やっと気づけた。

遊びに行くメリットは、俺達に夏の思い出を作るだけではない。

両親にとっても、子供達のはしゃぐ可愛い姿を見られる、またとないチャンスなのだ。

可愛い盛りは短い。今のうちに堪能しておきたいに決まってる。

特に、普段から可愛くない俺が愛嬌を振りまけるのはこういう時くらいだろう。

そうとなったら話は変わる。

お母様の提案に乗るほかあるまいて。

「やっぱり、お出かけしたいな」

「本当ですか！　どこか行きたい場所があるのですか？」

「うーん」

そう言われても、パッとは思いつかない。

自分が遊びに行きたい場所はないし、家族として良い思い出が作れそうな場所といったらどこだろうか。

「聖は山に行ったのですし、海でしょうか？　バーベキューもいいですね。あえて夏にスケートリンクという選択肢もあります」

お母様が次々と選択肢を出してくれる。

今度は選択肢が多過ぎて、どれを選ぶべきか悩む。

俺は隣でワクワク気分を隠せていない弟に問いかけた。

「優也はどこに行きたい？」

「海行きたい！」

そんな弟の一声が決め手となり、峡部(きょうぶ)家(け)の夏の行楽地が決まった。

最初から俺が悩む必要なかったな。

親父の休みの都合により、出発は翌日となった。

昨日のうちに素早く準備を済ませ、慌ただしく今日を迎えた。

公共交通機関を乗り継ぎ、俺達家族はバスに揺られて目的地へ。

「海だ！」

道中もワクワクを隠せなかった我が弟は、海を目にしてテンションが振り切れている。

ここは子供らしく、俺も叫ぶべきだったか。

「空いてるね」

「周りを気にせず、思う存分遊べますね」

お母様のポジティブさ、見習いたい。

俺は盛り上がりに欠けるなぁと思ってしまった。

夏休みシーズンも終わりに近い。

殿部家を始めとした家族連れの客は、既に遊び尽くした後なのだろう。

「お魚さんいるかな？」

「いろんな生き物がいますよ」

初めて目にした大海原に、優也の好奇心は収まらない。

お母様と手を繋いでいなかったら、一人で走り出しそうなほどだ。

それに引き換え平常運転な俺を見て、親父が尋ねる。

「興味ないか？」

「ううん。そんなことないよ」

俺だって、前世で初めて海に来た時は、優也と同じようにはしゃいだ覚えがある。

水遊びに砂遊び、貝殻拾いなど、遊び方は無限大だ。

しかし時は流れ、昔を懐かしんだ成人男性が一人で来ると、昔との違いを強く感じるはめになる。

家族連れの幸せそうな顔を見ると、自分が手に入れられなかった日常に嫉妬してしまう。

仲間内ではしゃぐ大人達を見ると、もう二度と会えない友を思い出して寂寥感に苛まれる。

楽しい思い出は上書きされ、いつしか薄れていった。……という前世の記憶を抜きにしても、海を前にして大はしゃぎするのは俺のキャラじゃない。

「お兄ちゃん遊ぼう！」

「うん、まずはビーチサンダルに履き替えようね」

とはいえ、今世の俺は子供だ。

体裁を気にする必要がなく、両親に可愛らしい姿を提供するという大義名分まである。

そして何より、無邪気にはしゃぐ弟といるだけで、こちらまで楽しくなってくる。

「私はビーチパラソルを借りてくるので、あなたは二人を見ていてください」

「わかった」

「お父さん、こっちこっち！」

「わかった、わかった」

優也は大好きな父親の手を引き、海へと向かう。

あれ、兄は？

悲しきかな、幼子の興味は移ろいやすい。

「聖も遊びに行っていいですよ」

「僕はお母さんのお手伝いしようかな。お父さんの代わりに荷物持ち」

「あら、それではお願いしちゃいます」

両手を軽く合わせ、にっこり笑顔でお願いされたら、断れる男はいないだろう。

我が母ながら、白いワンピースとお揃いの帽子がすごく似合っている。

二児の母とはとても思えない。

そんなお母様をエスコートし、海の家へ向かう。

「こんにちは！　貸出しですね。何にしましょ！」

「ビーチパラソルを一つ」

お母様が店員の男とやりとりしている間、俺は料金表を見る。

一日で二千円か……ホームセンターで新品買うのと同じ値段……。

いや、持ってくる手間を考えたら妥当か。

上手くできてるなぁ。

「あっ、そうそう、先週からミズクラゲが出てるんで、気をつけてくださいね」

「クラゲですか？　怖いですね」

店員の男がお金をしまいながら教えてくれた。

なるほど、どうりで人が少ないわけだ。

情報提供に感謝していると、男が続ける。

「よかったらそこまで運びましょうか？」

暇だったのか、子持ちでもワンチャン狙いなのか、店員がお母様へそんな提案をする。

あっ、この目はワンチャン狙いの方だ。

目の前に子供がいるのに狙おうとするとか、どんな神経してるんだよ。

お母様、この不届者に鉄槌を。

「ありがとうございます。ですが結構です。息子が持ってくれるので」

「大きいし、見た目より重い……よ……」

俺が軽々持ち上げると、店員は目を点にして驚いた。

店員の視線を背に受けながら、担いで持っていく。

思っていたよりも軽い。

身体強化のレベルが上がったのだろうか。いや、お母様の言ったとおり、御剣家の訓練で体が成長したのかも。

「力持ちな男の人がいて助かりました」

「重いものは任せてね」

お母様は俺の力をある程度知っている。

一緒に暮らしていて隠せるものではないため、身体強化と触手が使えることは共有したのだ。

ただし、触手の盗聴機能や霊力の精錬については教えていない。

世の中には知るべきことと同じくらい、知らなくて良いこともある。

「これでいいかな」

「バッチリ固定されてます。手伝ってくれてありがとうございました。聖も遊んできていいですよ」

ビーチパラソルを固定したところで、お母様がそんなことを言う。

荷物番をするつもりなのだろう。

遠くから子供達が遊ぶ姿を眺めるのも悪くないかもしれないが、せっかくなら一緒に遊んだ方が思い出になるはずだ。

そして、陰陽師には便利な技がたくさんある。

人形代にちょっと霊力を注ぎ、バッグに忍び込ませれば、はい完成。

「札飛ばしの応用で、勝手に動いたらわかるようになってるんだ。だから、目を離しても大丈夫だよ」

「まぁ、そういうこともできるのですね。でも、霊力を使って大丈夫ですか？　疲れませんか？」

霊力切れの親父を見てきたお母様がそんな心配をする。

そこはほら、常人を凌駕する霊力量なので。

せっかくの遠出だし、ここはケチケチせずに使うべき場面だ。

「大丈夫。ほら、お母さんも行こう」

「ああっ、ちょっと待ってください」

俺は弟の真似をして、お母様を海へ連れ出した。

「あっ、お兄ちゃんとお母さんだ！」

浅瀬で遊ぶ二人と合流し、年齢も、時の流れも忘れて、ただただ海水浴を楽しむ。

持参したビーチボールで遊び、砂のお城には水堀も作った。

兄弟そろって砂に埋められたところで、シャッターチャンスと言わんばかりにお母様がスマホを構える。

いつの日かアルバムを見返したとき、この日の光景も写っていることだろう。

「あはは、砂だらけだ。お兄ちゃんと一緒に海で洗い落とそうね」

「うん！」

初めての砂浴を楽しんだ俺達は海の中へ入っていく。

さっきまで遊んでいた浅瀬よりももっと深く、腰が浸かるところへやってきた。

互いに水をかけて砂を落としていると、近くに何かが漂っているのに気づく。

何だろう、プラゴミかな。

いや、それにしてはやけに柔らかそうな……。

「クラゲじゃん！」

俺は慌てて距離を取る。

そうだった、ついさっきクラゲが出るって聞いたばかりだった。

クラゲといえば毒。種類によっては刺されたら大変なことになると、どこかで聞いたことがある。

「お兄ちゃん、なんか浮いてる！」

「ダメダメダメ、触らないように気をつけて。ゆっくり離れようね」

今にも手を伸ばそうとしていた弟の腕を摑み、俺は慌てて砂浜へ戻る。

目を凝らせば、あちこちにクラゲが浮かんでいる。

まるで地雷原じゃないか。

よく今まで刺されずにいたものだ。

「いきなり慌ててどうした」

「クラゲがたくさんいる。海の家でも気をつけてって言われてたのに、忘れてた」

「ニュースでも話題になっていたな」

聞いてたならもっと早く教えてくれよ。

盆明けの海はクラゲが出ると聞くが、本当だったのか。

「年々増えているが、今年は特に増えたようだ」

「へぇ」

なんとまぁ、迷惑なことで。

そりゃあ海水浴客も減るというものだ。

「お兄ちゃん、もっと海で遊びたい」

我が弟は海の危険性をまだ理解していないらしい。

そして、もっと遊びたいと言われたなら、兄としてどうにかしてあげたくなる。

「少し待っててね」

俺は優也を砂浜に待機させ、バッグの元へ戻り、スマホで調べ物をした。

そして、再度海に戻る。

子供の膝（ひざ）が浸かるくらいの深さなら、クラゲはあまりいないようだ。

それでも数匹ほど波に乗ってやってくるのだから、辺りにどれだけ集まっていることやら。

こいつらを排除しないと、安心して海で遊ぶことができない。

どうしたものか……。

「おっ、いけるな」

困った時はとりあえず触手である。

クラゲ型妖怪の危機から我が身を救ったそれは、海中の害獣退治でも活躍する。

柔らか過ぎて掴みどころのない体も、触手にかかればこの通り。

「お兄ちゃんそれなぁに」

「これは優也も知ってるクラゲだよ。毒を持ってて危険だから、触っちゃだめだよ」

「これ、くらげなの？」

俺の触手は俺以外に知覚できない。

なので、優也の目には透明なブヨブヨが浮いているように映るだろう。

兄の奇妙な技を見慣れている我が弟は、この摩訶不思議（まかふしぎ）な現象を当たり前のように受け入れ、未知の生物をじっくり観察している。

観察の邪魔をしないようにじっとしていると、親父が心配そうに尋ねてくる。

「毒は効かないのか？」

「大丈夫そう」

さっき調べたところ、ミズクラゲの毒性はかなり弱いらしい。

せいぜいかゆみを感じる程度で、敏感な人は腫（は）れることもあるとか。

今回俺は、程よい危険性を持つミズクラゲを実験台として使った。

触手に毒は効くのか、そもそも棘（とげ）自体が刺さるのか。

結果としては、御覧の通り。何も感じない。

「クラゲが大丈夫なら、妖怪の毒も大丈夫かな」

「一概には言えん。だが、戦闘時の手段として検討に値（あたい）するな」

親父は顎に手をやりながら唸った。

妖怪の中には、陰気だけでなく未知の毒を使用してくるものもいるという。

万が一接近された際、俺なら触手で防御したり拘束して対処できる。

これがわかっただけでも海に来た甲斐があるというものだ。

「あんまり無茶をしないでくださいね」

「うん、大丈夫」

うっ、お母様を心配させてしまった。

だがしかし、知的好奇心を抑えることができなかったし、優也に海で遊んでほしかったからなぁ。

「近づいてくるクラゲは追い返すから、ちょっとだけ海で遊ぼうか」

「うん！」

触手の新たな性能を知ったところで、俺は再び海水浴に戻った。

ちょくちょく漂ってくるクラゲを触手で投げ飛ばし、優也と水遊びに興じる。

海水のしょっぱさに顔をしかめたり、波の強さに慌てたり、いい思い出ができた。

……ただ、クラゲをいちいち投げ飛ばすのは手間だな。

もっと効率よくやりたい。

触手製の網で一網打尽にするとか、いいかも。

山でも海でもクラゲに悩まされながら、この夏、俺はまた一歩夢に近づけた。

コネクションを作り、実戦経験も積み、とても有意義な時間だったといえる。

ただし、これだけで満足してはいけない。

最強の陰陽師になるためにも、さらに精進しなければ。

「二人とも、そろそろ帰りますよ」

「「はーい」」

いつの間にか辺りは夕焼けに染まり、ノスタルジックな景色に少し冷たい風が混ざってくる。

夏が終わる。

充実した夏休みだったことは間違いない。

でも、もう少しゆっくり時が流れてくれたら、文句はないんだけどなぁ。

第十九話　夏の成果

夏休みの余韻も薄れてきた九月の中頃、俺は源家主催のお茶会に参加していた。

前回欠席してしまったし、今回はしっかり参加させていただく。

「御剣家の見学はいかがでしたか？」

「すごく勉強になりました。残念ながら、夏休みの自由研究には使えませんがね」

海水浴で英気を養ってすぐに二学期が始まった。

夏休みの宿題もしっかり提出し、新たな気持ちで新学期に臨むことができた。小学一年生の課題程度、当然七月の間に終わらせている。

前世の俺とは違い、加奈ちゃんも源さんも真面目だから、最終日に慌てて課題をするようなことはなかったようだ。

「お目当ての力試しはできましたか？」

「はい、思ったよりも早くその機会に恵まれました。武士の一刀は凄いですね。結界に罅が入りましたよ」

「罅……壊れなかったのですか？」

「ええ。手加減してくれたのでしょう」

「手加減……ですか」

実際は奥義すら防いだんだけどね。

ふっふっふ、思わず自慢したくなってしまう。

普通の小学一年生なら妖怪退治と合わせて誰彼構わず吹聴することだろう。大人の精神をもってしても承認欲求が疼いてしまうほどだ。

とはいえ、親父にも止められていることだし、技術漏洩防止のためにもそんなことをするつもりは毛頭ない。

「滞在中に二回も妖怪が発生して、驚きましたよ」

「私はまだ実物を見たことがありません。どんな姿でしたか」

「私が見たのは熊の姿を形取っていました。最近熊に襲われた登山客が増えていたので、その影響らしいですよ」

「なるほど」

「その前に出てきた妖怪は私も見ていないのですが、夕食中にいきなり警報が鳴って驚きました。しかも、推定脅威度5弱と書いてあったものですから、心配しましたよ」

「それは、熊型の妖怪とは別ですか？　どれほどの強さでしたか？」

やはり源さんはこの話題に食いついてきた。

加奈ちゃんは俺が何をしてきたのか全然理解していない様子だったのに、源さんとは会話が成り立つから末恐ろしい。

彼女は情報収集の大切さをよく理解しているのだ。

「別です。私達子供はお留守番で、帰ってきた父から話を聞いたところ、実際の脅威度は4だったそうです」

予想よりも随分帰ってくるのが早いと思ったら、そんな理由だった。

『予知は外れやすい。リスクヘッジの観点から、脅威度は高めに見積もっている。今回も4の中では強い方だが、5ではなかった』

とは親父の談。

もしも本当に脅威度5弱が出たのなら、御剣家の部隊でも倒すのに一晩はかかるらしい。それも、戦闘時間だけで。準備と移動時間も含めたらもっとだ。

妖怪が倒されるか、あるいは国家陰陽師部隊が封印するまで暴れつくし、周辺被害も甚大となる。脅威度5弱とはそれだけ強い敵なのだ。

当然、夜が明ける前に帰ってくることはできなかっただろう。

話せる範囲で源さんが興味を持ちそうな話題を提供していると、予想外なことを言われた。

「やはり、峡部さんでも内気を感じるのは難しいですか」

なんだその言い方は、それじゃまるで……。

「源さんも内気の訓練を受けたことがあるんですか？」

「安倍家のお二人とご一緒に、御剣様のご指導を受けました。神楽さんもご一緒だったので、私達は訓練仲間としてお二人の意欲向上の役割を期待されていたのでしょう」

なるほど、競争相手として源さん達も呼ばれ、ついでに教育を受けたと。権力者の近くにいるとお得だな。

俺が思っていたより気の知識はオープンなようだ。毎年子供を教育しているとは知っていたけど、なんだかありがたみが薄れてしまう。

まさかとは思うが、一応確認しておこう。

「どなたか内気を感知できたり？」

「いえ、教わったのは去年の夏なので、まだ誰も。時折集まって瞑想しています」

だよね、そうだよね。

自分のみみっちさに悲しくなるが、ちょっと安心した。

もしも既に習得されてたりしたら、さらにありがたみが薄れるところだった。

「ですが、晴空様は『何か摑めそうだ』とおっしゃっていました」

おのれ主人公！

内気の才能まであるのかよ。

いつの間にか霊力まで爆上がりしてないだろうな。

青く見える隣の芝生について伺いつつ、自身の夏休みの成果を振り返ってみる。

まさか、第陸精錬霊素まで使うことになるとは思わなかったけど、その分得るものは多かった。

・他家の陰陽師とのコネクション
・初めて見た他家の陰陽術
・業界の知識
・武士の卵との交流
・内気の訓練方法
・御剣家の奥義
・祝福の道具入手手段
・クラゲの毒に対する触手の実験結果

片手の指では収まりきらないほどの大収穫だ。

そしてなにより、御剣様という強力な味方ができたことこそ、この夏最大の収穫である。

　理由はよくわからないけど、俺のことをかなり気にかけてくれたし、将来陰陽師界で名を馳せる時に心強い後援者となってくれるに違いない。

　有名になればやっかみも出てくるが、源家と御剣家に繋がりを持つ人間相手にちょっかい掛けるような愚か者はそうそういないだろう。

その為にも、源さんとは友好的な関係を築いていきたいものだ。

「源さんは何か思い出に残る出来事はありましたか？」

「そうですね……初めてピアノのコンクールに参加したことでしょうか」

へぇ、陰陽師関係以外の話題が出てくるとは意外だな。

やっぱりお嬢様はピアノが教養として必須なのかな。

「どうでしたか？」

緊張したりとかしたのかな。いや、大人顔負けの冷静さを持つ源さんなら緊張しないか。でも人前に立つ緊張感はなかなか慣れないものだし――。

「低学年の部で最優秀賞を受賞しました」

え、初参加で最優秀賞？　年上相手に？

緊張とか通り越して結果出してるんですけど。

表社会で公表できる実績を積んだという意味では、俺より有益な夏休みになってないか？

「おめでとうございます」

「ありがとうございます」

予想外過ぎて事務的なやり取りになってしまった。

せっかくの吉事だし、本当はもっと賞賛したかったんだけど……。

俺が言葉を探す前に源さんが加奈ちゃんへ会話をパスしてしまう。

「殿部さんは夏休みをどう過ごされましたか」

「えっとね、海行ったり、遊園地行ったり、要の面倒見てあげたり、陽彩ちゃんとも遊んだ！」

指折り数える加奈ちゃんのなんと純粋なこと。

俺なんて自分の利益になることばかり数えてたよ。普通の小学生はコネとか考えないよね、うん。

夏休みの間、俺はずっと不在だったわけだが、加奈ちゃんは加奈ちゃんで楽しんでいた。

そもそも、夏休み前から俺と加奈ちゃんの遊ぶ機会は減っている。小学校入学以来、彼女は新しい幼馴染に夢中なのだ。

同じ女の子同士、さらには同じ陰陽師の家系ということもあり、お互い家に呼びあって遊んでいるそうな。

「陽彩ちゃんも、雫ちゃんのおうち呼んじゃダメ？」

「両親に相談してみます。ですが、あまり期待しないでください」

多分、いや、確実に無理だろうな。

わざわざここで口にすることではないけど。

「また、ばーべきゅーする？」

「母のスケジュールと周囲の要望が合えば」

ん？　バーベキュー？

俺の疑問に答えるように、源さんが教えてくれた。

「夏休みですから。私達子供のレクリエーションを兼ねて、先月の懇親会ではバーベキューパーティーが開かれました」

「そうなんですね。参加できなくて残念でした」

そういえば、お茶会に行くかどうかお母様に聞かれたっけ。

いつもと同じく雑談する場だと思ったから、内気の訓練を優先したが……そんな楽しそうなことをしてたのか。

「楽しかったですか？」

「ええ、安倍家の方もいらっしゃって、興味深いお話を伺うことができました」

源家の開催するバーベキューパーティー、さぞや美味しい食材が揃って……。

「ん？　いま何て言いました？」

「安倍家の三人もお見えになりました。奥様と晴空様と明里さんです」

あ、あれ、いま明里ちゃんが来たとか聞こえたような。

そんなバカな、安倍家の二人は多忙で滅多に外に出ないと聞いたのに。

さっき聞いた話でも、内気の訓練まで受けていたくらいだし。

「でも、今まで一度も」

「監禁されているわけではありませんから、大きな集会には参加することもありますよ」

源家は関東陰陽師会の№２。

そんなお家が開くパーティーなら、安倍家の人間が来てもおかしくない。

なんなら周囲へ良好な関係を示すために当主だって来るだろう。

明里ちゃんとは入園前の懇親会以来、ずっと会えていない。

峡部家は関東陰陽師会ではなく御剣家メインで活動しているから、そっちのコネが弱いのだ。

そもそも子供が招待されるイベント自体ないし、唯一参加している源家のお茶会だって派閥内の小さな集会だ。

個人的に会うなんてことは当然できない。

こんな状況ではどうやったって安倍家と接触することはできなかった。

頑張ってアプローチしてみたのに、現実は非情である。

高嶺の花である明里ちゃんと将来付き合うとしたら、幼いうちに思い出を作り、社会的地位という障害を乗り越えるだけの情を抱かせるしかない。

その絶好のチャンスとなりえたバーベキューパーティー……参加したかった……！

「大きな集会って、次回開催はいつ頃でしょうか」

「母の気分次第です。父はこの手の仕事を母に一任しています」

そうか……源ママ次第か……。

それはどうしようもないや。

親父の仕事部屋で式神に報酬を渡していたある日の午後、抜き打ちテストが始まった。

「そろそろ二ヶ月か。出来を確認しよう」

そんな親父の一言により、夏休み前に教わった儀式を披露することとなった。

御剣家に滞在してから今日まで、儀式の練習はほとんどできていない。訓練漬けな日々に加え、他にも覚えるべきことがあったからだ。

ゆえに、あまり自信はない。

とりあえず今の実力を見てもらおうと頑張ってみたところ——。

「キレが良くなった。訓練の成果がでたな」

「本当に？　……本当だ」

スマホで録画した自分の動きは、御剣家を訪れる前よりキレが増していた。

足運びや御幣を振るリズムから迷いがなくなっている。

そうか、こんなところでも成果があったのか。

「プラスかマイナスかで言ったら間違いなくプラス。なんだけど……はぁー
俺は意味がないと知りながら、小学一年生の夏休みで得たものと、摑み損ねたチャン

スを天秤に掛けるのだった。

あとがき

読了お疲れ様です。作者の爪隠しです。

第参巻「武家邂逅編」お楽しみいただけたでしょうか？

これまで聖の活動範囲は自宅の近所だけでした。しかし、小学生に成長したことで、その世界が大きく広がります。きっと皆さんも同じような経験をされたのではないでしょうか。

第参巻について読者様と熱く語り合いたいところですが、ネタバレはご法度なので我慢します。

改めまして、本作をご購入くださり誠にありがとうございます。

あなた様が応援してくださったおかげで、第参巻を出版することができました。

第弐巻のあとがきにも書きましたが、三巻が出せるか否かは作品の面白さに左右されるそうです。作者は豆腐メンタルなので、第弐巻出版直後はプレッシャーに押しつぶされそうなほどでした。

だからこそ、続刊が決まった時「陰陽師転生はちゃんと楽しんでもらえているんだな」と安堵しました。

作者はラノベ作家デビューを家族や友人、職場の方々へ報告するタイプでして、続刊が決まった時も祝福していただきました。本当に周囲の方に恵まれたなと、幸運に感謝するばかりです。それもこれも、皆様が陰に日向に支えてくださったおかげであることも、当然忘れておりません。

本作を世に広めてくださったファミ通文庫様、キャラが一気に増えても対応してくださった成瀬ちさと様、本作に関わってくださった方々全員に大きな感謝を。

書きたいことを書ききってしまったので、ここからは作者の近況報告になります。本作をお読みの皆様ならばお気づきかと思いますが、作者はそこそこいい年齢です。そろそろ結婚を考えなければ、婚期を逃してしまいます。

そこで、数年前からマッチングアプリを始めました。素敵な異性がたくさん集まっている未知の世界に、作者は緊張しつつも胸を躍らせておりました。

第壱巻の描写に説得力を感じた読者様は、もうお気づきでしょう。そうです、いまだにパートナーが見つかっておりません。なんなら最近まで直接会う機会もありませんでした。

数万円ぶちこんだマッチングアプリの有料期間は、ただの有料チャットと化したのです。

これまでの人生においてモテた試しがありませんが、作者の見た目は悪くないはずです。チャットでの会話も悪くない雰囲気なのに、いつの間にか相手からの返信が来なくなってしまいます。この頃になると、数十人マッチングして一人とも会えないのはさすがにおかしいと思い始めていました。

親友との飲み会でその疑問を相談したところ、驚きの事実を告げられました。

なんと、マッチングアプリとは、相手と一ヶ月以上会話する場所ではないというのです。

普通は数回やり取りしたのち、直接会う約束をするのだとか。にわかには信じられませんでした。だって、それじゃあ相手のことが全く分からないまま会うことになる訳じゃないですか。壺を売りつけられてもおかしくありませんよ。私はもっとお互いのことを知って、仲良くなれそうなら会うものだと思い込んでいました。

半信半疑ながら実践したところ、本当に会えました。これまでの婚活は何だったんだ。

高い授業料を支払い、ようやく本当の婚活が始まったのでした。そうです。会えたからといってパートナーが決まるわけではなく、道のりの険しさを改めて知りました。

聖に彼女ができるのが先か、作者がお付き合いを始めるのが先かは、神のみぞ知る。

本業、家事、婚活によって時間が溶けていきますが、不思議なことに聖の物語は着実に書き綴られています。

もしも第肆巻が出るとしたら、「式神召喚編」となります。お楽しみに。

聞いた話では、ラノベ界には三巻の壁というものが存在するそうです。四巻まで続く作品が少ないから、そう呼ばれているのだとか。物価上昇の著しい昨今、第肆巻を出せるか否か……こればかりは運次第でしょうか。

第弐巻でご利益があったので、第参巻でも祈りましょう。
読者の皆様、そして、智夫雄張之冨合様、なにとぞご加護を！

爪隠し

3巻もイラストを担当させていただきました。
ありがとうございます！
頭の中だと新1年生は大人の
半分もない大きさのイメージなのに
実際は大人の胸くらいまで
背丈があってびっくりします。
成瀬ちさと

■ご意見、ご感想をお寄せください。……………………………………………………
ファンレターの宛て先
〒102-8177　東京都千代田区富士見2-13-3　ファミ通文庫編集部
爪隠し先生　　成瀬ちさと先生

FBファミ通文庫

現代陰陽師は転生リードで無双する　参

1826

2023年11月30日　初版発行

◇◇◇

著　者　爪隠し
発行者　山下直久
発　行　株式会社KADOKAWA
〒102-8177 東京都千代田区富士見2-13-3
電話 0570-002-301（ナビダイヤル）
編集企画　ファミ通文庫編集部
デザイン　アフターグロウ
写植・製版　株式会社スタジオ205プラス
印　刷　TOPPAN株式会社
製　本　TOPPAN株式会社

●お問い合わせ
https://www.kadokawa.co.jp/（「お問い合わせ」へお進みください）
※内容によっては、お答えできない場合があります。
※サポートは日本国内のみとさせていただきます。
※Japanese text only

ISBN978-4-04-737695-3 C0193

定価はカバーに表示してあります。